A FENDA

ALFREDO AQUINO

A FENDA
Contos

ILUMI/URAS
2007

Copyright © 2007 Alfredo Aquino

Edição © Editora Iluminuras Ltda.

Apresentação: Luis Fernando Verissimo
Apresentação-prefácio: Ignácio de Loyola Brandão
Capa: Fotografia de Pierre Yves Refalo
Desenhos: Alfredo Aquino
Revisão: Caroline Franco
Foto do autor: Itaci Batista
Editoração: Samanta Paleari
Projeto Gráfico: AADesign/Iluminuras

Dados Internacionais de Catalogação da Publicação (CIP)
(Câmara Brasileira do Livro, SP, Brasil)

Aquino, Alfredo
  A fenda : contos / Alfredo Aquino. -- São Paulo :
Iluminuras, 2007

  ISBN 978-85-7321-272-3

  1. Contos brasileiros I. Título

07 - 4758   CDD - 869.93

Índices para catálogo sistemático
1. Contos : Literatura brasileira   869.93

2 0 0 7
Editora Iluminuras Ltda.
Rua Inácio Pereira da Rocha, 389
CEP 05432-011 São Paulo SP Brasil
Fone: 55 11 3031-6161 Fax: 55 11 3031-4989
iluminur@iluminuras.com.br
www.iluminuras.com.br

SUMÁRIO

Apresentação - *Ignácio de Loyola Brandão* 07
A caverna 11
Cidades trocadas 31
A fenda 51
Baratas voam dos cemitérios 63
As casas sem flores 77
Carta do enforcado 89
O vulto da t-shirt laranja 109
Anônimo noturno 119
Caixa para morrer 129
Os dois 137

Para minha filha Mariana

APRESENTAÇÃO

Desconfio que Alfredo Aquino sempre quis escrever. Anos atrás, quando fez a primeira capa para um livro meu, ele sentou-se e em vez de perguntar sobre o livro em si, queria saber qual era a sensação de escrever, o que impulsiona um escritor, em que momento o texto começava, como prossegue, de que modo a ação se delineia. Achei, por anos, que era curiosidade de criador, ele já era um pintor com uma obra em elegante construção.

Depois me pediu uma apresentação para uma pequena brochura com postais pintados por ele. Na verdade, eram seus quadros transformados em postais. Aquino leu, releu e ficou curioso: "como um escritor descobre essas coisas na pintura?" E concluiu: "Escrever deve ser fascinante". E eu o via lendo, estudando, buscando teorias, conversando, pesquisando, deixava entrever um pequeno ensaio aqui, outro ali, olhava com curiosidade teórica para certos pintores, seus ícones.

Os anos se passaram e um dia, morando em Porto Alegre, Aquino me escreveu: "Fiz uma série em torno do tema *cartas*. Cartas em formato de pintura. Queria que você visse e escrevesse alguma coisa sobre, para a exposição." Vi e escrevi uma apresentação em forma de carta. Alfredo leu, releu e me mandou um e-mail: "esse texto parece um conto. Por que você não escreve contos em forma de cartas, também tento escrever alguns e montamos um livro?" Escrevi, e o tempo passou, um dia ele me avisou que o livro estava editado e se chamava *Cartas/Lettres*. Só com as pinturas dele e os meus contos. "Acabei não escrevendo, não deu", justificou-se. Era uma edição bilíngüe português-francês, porque ele imaginava poder lançar na França, no ano passado, nas comemorações que ligaram o Brasil àquele país. Havia até as conexões necessárias. Pobre Alfredo Aquino! Acreditar que um ministro da cultura cantor tivesse algum interesse em literatura, estimular a presença de livros e escritores.

O bom é que o livro saiu e no dia do lançamento em Porto Alegre, Aquino chegou com uma cara malandra: "Queria que você desse uma olhada nisso aqui. Um amigo meu, escritor novato, me pediu que entregasse a você." Era um original. Um livro de contos.

Acabei lendo no avião de volta. Li o primeiro, passei ao segundo e prossegui, e gostei e pensei: novos autores surgem a todo o momento neste país, principalmente no Rio Grande do Sul. Liguei para Aquino, disse que tinha gostado. Os contos me pareciam pequenas novelas estimulantes, intrigantes.

Uma história de amor enigmática dentro de uma fundação um tanto kafkiana (*A Caverna*). Em *Cidades Trocadas*, o autor retoma o tema que deu a Antônio Torres um romance de mestre (*O Nobre Seqüestrador*): a presença de Duguay-Trouin, o corsário francês que conquistou o Rio de Janeiro. Palavras indígenas são encontradas numa carta geográfica que teria pertencido ao francês e o personagem se envolve em deslindar o mistério. Em outra história a personagem vê sua língua partida em dois, como se fosse língua de cobra, e o fantástico entra em ação no prosaico cotidiano. E há também a de um homem que tem horror a baratas e dedica-se a estudá-las. O crescendo desse conto é alucinante. E assim, história a história, o que eu via naquele original era o prazer de contar, de narrar. O autor não buscava fórmulas inovadoras, de vanguarda, revolucionárias, não queria mudar as regras. O seu prazer era trazer os personagens à cena e colocá-los em contato com o público. Contos para serem lidos, digeridos, degustados. Na simplicidade, a qualidade.

Quando telefonei para Aquino para dizer que tinha gostado, perguntei: "Quem é o autor? Conheço?" E ele: "Conhece. Sou eu." E assim, aqui está A Fenda, início de um pintor na literatura. É o caso de dizer: gosta dos quadros? Leia o livro.

Ignácio de Loyola Brandão

Este livro existe porque você existe.

A CAVERNA

O automóvel contornou a montanha e aproximou-se aos poucos da Fundação, somente visível minguadamente, com seus relâmpagos do concreto resplandescente de sua arquitetura contemporânea, por entre os penhascos recortados na pedra e pelas frestas nos verdes das árvores que adensavam a mata serrana.

O professor dirigia com habilidade naquele trecho de estrada sinuoso de montanha, sobre o asfalto molhado, fazendo deslizar seu carro pelas curvas acentuadas. Ele estava atento ao prédio, que procurava divisar à distância e que o interessava por curiosidade, acerca de suas características e pela autoria do lendário arquiteto. Aspirava com prazer o aroma intenso e úmido da floresta, no horário ainda precoce da manhã.

Percebendo um ângulo favorável, estacionou o carro no acostamento estreito para observar o prédio da Fundação, que via ainda com dificuldade, mergulhado entre as árvores.

"Tenho tempo, é cedo... devo fazer uma horinha para não chegar antes do horário marcado...", pensou o professor Bernardo. Estava acostumado a cumprir os horários desde a sua juventude estudantil e sentia que isso atrapalhava um pouco todos, principalmente ele próprio. Somente dera

certo no tempo em que morara na Europa, onde sua pontualidade fora natural e respeitada. No Brasil isso não era bem compreendido, seguidas vezes criara até algum embaraço.

A Fundação ficava distante de São Paulo e do Rio de Janeiro, num lugar inesperado para um museu. Ou melhor, não era bem um museu e sim um local de estudos e pesquisas sobre arte moderna e contemporânea, bem equipado, seguro e com um surpreendente acervo, graças à generosidade de um artista consagrado que morara no exterior. Ele tivera contatos e amizades sólidas com outros grandes artistas estrangeiros e nacionais e, por trocas e aquisições, formara uma coleção que dera relevância ao conjunto destinado à Fundação, tornando-a um modelo de administração profissional e de visitação turística orientada.

"*Esse é um caso único no país... que deveria ser seguido e copiado em outras cidades, mas enfim, cada grupo social tem o que deseja e o que faz por merecer... há cidades que só pensam em esportes e em folclore como sinônimo de cultura e salvação da própria cara...*", pensava em voz alta Bernardo, dando-se conta que a Fundação escolhera uma pequena cidade para se instalar, independia dessa cidade para sua sustentação material, era uma entidade autônoma e privada, recebera seu rico acervo sem as interferências normalmente conservadoras de seus habitantes, fornecia vários empregos locais, trazia àquela localidade, durante todo o ano, um contingente expressivo de turistas, estudantes e estudiosos, apenas pela sua existência, de seus serviços, e contribuía para a riqueza e sustento daquela cidadezinha. Isso tornara a Fundação respeitada e a cidade conhecida em todo o país e até no exterior, de onde também vinha muita gente.

O professor Bernando recebera uma carta de sua direção convidando-o a visitá-la, conhecer o seu acervo e prestar uma colaboração para a edição de um cuidadoso catálogo, um livro contendo o acervo integral tombado da Fundação; e as informações importantes, museológicas e cruzadas cronologicamente, sobre cada uma das obras de sua coleção. Era esse o motivo de sua presença ali.

Bernardo era um conhecedor de arte contemporânea, respeitado como curador, com textos de qualidade publicados em livros, e fora o organizador de refinadas edições de arte, premiadas no país e no exterior.

Ele era competente e sabia disso. Temido pelo seu surpreendente nível de exigência e reconhecido pelos métodos particulares, inventados por ele, que resultaram em exposições memoráveis e livros incomuns. Lembrava-se, no entanto, dos sacrifícios e dos desconfortos que os seus métodos lhe impunham e que os outros jamais praticavam porque lhes pareciam insensatos e desmesurados. Para ele eram os mínimos necessários e procurava exigir-se mais e aperfeiçoar esses procedimentos à medida que a tecnologia lhe concedia os novos instrumentos. Tudo fora muito duro de conquistar e recordava-se disso, das seqüelas que se cristalizaram na memória.

Bernardo era um homem sereno e consciente dos

resultados que considerava capaz de alcançar.

Hospedara-se num hotel recém-inaugurado no vilarejo, desses que fazem parte de redes de hotelaria. Hotel prático, sem luxos, confortável, os apartamentos com o mesmo jeito e os mesmos equipamentos em todas as cidades, pelo mundo afora, e esse seu, ainda por cima, oferecia tarifas bem convenientes. Bernardo era um homem pragmático, ficara satisfeito com a sua descoberta na cidade e percebera que um hotel como aquele só existia ali por causa da Fundação.

Era um homem magro, nem feio, nem bonito, pouco mais de cinqüenta anos, grisalho, com uma barba muito rala que estava começando a branquear. *"Estou ficando com cara de senhor feudal escocês, mas nunca conseguirei ter um Jaguar..."*, imaginou, sarcástico, pensando na maneira frugal como vivia. Estava dedicado ao estudo das artes contemporâneas há cerca de 30 anos, nos livros que encomendava, comprava e estudava, diariamente, em várias línguas.

O professor Bernardo tinha em seu apartamento uma biblioteca considerável de livros de arte, uma pequena coleção de obras de arte contemporânea, era solteiro e talvez, em razão disso, não tivera filhos.

A Fundação era um lugar interessante pela sua singularidade, nas obras de seu acervo e pela qualidade alcançada em seus serviços. Tinha um admirável acervo contemporâneo de obras de arte formado com método e sensibilidade pelo seu criador, um artista que vivera quase sempre no exterior e, com a perspicácia de um olho especial, conseguira acumular um conjunto de trabalhos e algumas obras-primas, dos melhores artistas do mundo, uma parte deles de sua convivência e amizade.

Ele próprio, um artista de reconhecimento internacional, conseguira obras significativas em trocas com seus amigos. Fora assim com os desenhos de Picasso, de Chillida, com as pinturas de Soulages, Scully, Karel Appel, Alechinsky, Kieffer, Tápies, Coignée, Velicovik, Cuevas, Tamayo, Volpi, Piza, Ianelli, Siron Franco, Wesley Duke Lee, Dacosta, Fiamminghi, Tomie Othake; com as esculturas de César, Vénet, Krajcberg, Farnese, Amilcar de Castro, Emanoel Araújo e Gonzaga. Algumas obras, no entanto, tinham sido compradas no mercado: as telas de Lasar Segall, de Bandeira, de Morandi e de Serge Poliakoff.

A decisão do artista fora por construir e legar um centro cultural de pesquisas artísticas mais abrangentes e de característica não-biográfica, e isso se pôde confirmar pela absoluta ausência das grandes e pequenas vaidades e por uma preocupação sincera em disseminar o conhecimento às novas gerações de estudantes e de artistas.

A arquitetura do prédio era surpreendente. Ele era todo construído em concreto, longilíneo, espalhado e praticamente térreo (havia uma parte subterrânea, aproveitando um declive natural do terreno). O desenho do prédio evitava saliências verticais, sem os virtuosismos de pontas ou de curvas miraculosas e parecia quase dissimulado no meio da floresta tropical. Isso! Essa era a sua peculiaridade, tinha poucas janelas, grandes planos retangulares horizontais, volumes em cubos formando sólidas esquinas, uma levíssima curva num perfil de teto e encontrava-se cercado de gramados que criavam uma ilusão de ótica: o prédio desnudo e aliviado das ênfases dos enfeites datados e desnecessários se fazia invisível pelas árvores e pelos gramados, em favor da natureza ao seu redor.

O artista trouxera seu acervo ao país, escolhera uma pequena cidade serrana para construir seu centro cultural, comprara um terreno grande, favorável, parcialmente coberto com a floresta nativa. Chamara um arquiteto amigo de longa data para desenhar o projeto e levantar a construção.

Concretizara o sonho de sua vida, sem ajudas ou apoios governamentais. Dera-lhe o nome de Fundação Terra Arte, indicando sua ligação telúrica, a da arte com a natureza, com seus sistemas frágeis de equilíbrio, com o senso da renovação cíclica, contínua, da plantação e germinação, de cultivo e colheita, do ato sagrado de realizar as obras com as mãos partindo da originalidade do pensamento, utilizando materiais e recursos naturais. Lembrava-se do primeiro artista, o que pintara com pigmentos coloridos moídos de plantas e de terras de diversas densidades cromáticas a imagem de um homem e de um animal, na parede de uma caverna. Um artista contemporâneo de seu tempo, que enviara uma mensagem ao futuro por meio de sua arte.

A Arte ainda não morrera e essa era a sua contribuição de resistência, a idéia recorrente de criar um centro de estudos que possibilitasse a reflexão sobre os conhecimentos, sobre o fazer, incentivando a produção de livros sérios e profundos sobre arte e a documentação desses estímulos constantes aos ensinamentos, principalmente às crianças e aos jovens.

"A transmissão dos saberes..." era uma frase que volta e meia o artista pronunciara, enquanto vivera.

O assassinato ou o suicídio da arte tem sido engendrado e perseguido constantemente como estratégia de solução, por alguns críticos de arte, por neoacadêmicos contemporâneos, por alguns artistas e pelas ideologias, pelos políticos e pelas religiões, que funcionam orquestrados no sentido de mascarar a realidade, de empobrecer e vulgarizar a cultura, de nebulizar o presente, para desviar pragmaticamente os recursos públicos e privados para os interesses individuais imediatos, para as demagogias e superstições, congelando um olhar mortiço e quase cego sobre um passado desfeito e inofensivo.

Goering, o marechal da guerra de Hitler afirmou com azedume que, quando ouvia a palavra cultura, levava instintivamente a mão ao coldre. De igual maneira, um alegre milionário norte-americano retrucava que frente à mesma palavra mostrava ao interlocutor o seu talão de cheques e isso era suficiente. Mas no Brasil a realidade conseguira superar todas as anedotas, o cinismo do nazista e o sarcasmo do banqueiro: um secretário da Cultura ao referir-se aos objetivos e prioridades de sua pasta, passou o tempo e o mandato falando em carnaval e futebol. Ideologias de apaziguamento e de votos cativos, tudo bastante confortável e de eco certeiro.

A Fundação Terra Arte, no entanto, estava fazendo algo construtivo para as pessoas, produzindo livros e estudos verdadeiramente esclarecedores sobre arte contemporânea, recebendo visitantes e um grande número de estudantes dentro de um projeto de ensino eficaz, elaborado em casa e com recursos próprios.

Carolina era uma mulher bonita, 34 anos, culta, inteligente, esbelta, 56 quilos, os imensos olhos de um azul transparente de águas marinhas, característica sempre comentada por todos que a conheciam. Era identificada imediatamente como a criativa executiva da Fundação Terra Arte que tinha introduzido os métodos originais de administração museológica e alcançara uma condição de sucesso e eficácia, com o reconhecimento em todo o país.

Morara sempre na cidade de São Paulo e mudara-se para a cidadezinha da serra ao assumir seu cargo na Fundação. Era especialista em administração e em finanças, conhecia as dificuldades crônicas dos museus e principalmente a ausência generalizada de recursos, decorrente da falta de vontade, da incompetência e, quase sempre, da ignorância igualmente crônica das autoridades temporárias designadas para a área cultural. *"As coisas no país vão demorar 100 anos para mudar nessa área. É melhor investir no projeto-escola e acreditar nas crianças...*", pensava Carolina, convencida de que não tinha tempo a perder.

Fora ela quem decidira convidar o professor Bernardo. Não o conhecia pessoalmente, mas o admirava pelos textos e pelo currículo reconhecido pela maioria dos profissionais da área. Escrevera e assinara a carta. Aguardava a chegada do convidado ao prédio da Fundação, desde cedo.

Era segunda-feira, dia em que a Fundação permanecia fechada ao público externo e a maior parte dos funcionários gozava a sua folga semanal, deixando o local praticamente deserto, excetuando-se a segurança e a direção. Seria um bom dia de trabalho, sem interrupções, e poderiam concentrar-se nas atividades programadas, com calma.

A executiva Carolina tinha em sua casa uma biblioteca de livros de arte, uma considerável coleção de obras de arte contemporânea, resignava-se a ser uma *workaholic* assumida, era solteira e não pensara ainda seriamente em filhos, por motivos profissionais.

Bernardo e Carolina encontraram-se e trocaram as apresentações na rampa de acesso à Fundação. Bernardo comentou de maneira espirituosa a localização do edifício sobre a montanha e em meio à floresta, enquanto observava os movimentos e a beleza aristocrática da moça. A mulher, experiente sobre os efeitos que causava sobre os homens, olhava-o fixamente através de seus azuis translúcidos e respondia às perguntas com precisão, atenta a qualquer deslize que jamais ocorreria. O professor era um homem de atitudes elegantes e idéias originais. Ambos conheciam a fundo o cenário das artes e os seus protagonistas.

"*Seria necessário talvez quebrar a seqüência cronológica natural, burocrática eu diria, considerando e subvertendo aquilo que as datas indicam apenas superficialmente, porque o conhecimento é dinâmico e o tempo de sua percepção poderia ter sido diferente, por questões geográficas e até históricas*", acrescentava Bernardo, enquanto Carolina acompanhava seu pensamento e os seus passos. "*As datas reais podem ter sido outras, nada as assegura, apenas um evento externo, uma exposição pública ou um fato datado espetacularmente, como foi o exemplo do painel Guernica, por exemplo...*", continuava Bernardo o seu breve discurso. Carolina concordava, refletindo silenciosamente sobre outros episódios que conhecia, alguns secretos, mas esses ela nunca revelaria a ninguém.

O professor tinha um conhecimento ampliado sobre os circuitos das artes contemporâneas e uma erudição consistente, que verbalizava de maneira útil, tornando sua conversa brilhante e didática. A executiva, por seu lado, mostrou com orgulho contido as salas expositivas, as reservas das obras de arte, os sistemas eletrônicos e computadorizados de manutenção e conservação e o laboratório de restauro, que era um dos pontos altos e de receitas externas da Fundação.

"*Nem sempre os trabalhos que aqui estão foram reconhecidos no momento histórico em que eram realizados, talvez a exceção tenha sido o de Picasso, que foi um caso único no mundo, o que muda um pouco as leituras de suas influências. Artistas mudam de fases ou de linguagem, em boa parte das vezes antes mesmo que suas mensagens tenham sido percebidas e assimiladas pelo contexto cultural e pelo público, em especial. Isso não é um problema, é da sua própria condição de existência, é nesse contexto que deve ser compreendida a questão, e creio que deva ser explicitada, ou seja, não basta uma data, é necessário analisar e dar fundamento a esse momento do fazer do artista e a uma reverberação posterior da obra, o que supõe a comunicação entre os agentes de sua observação, público e interessados em arte,"* comentou o professor apontando discretamente as cartelas museográficas nas paredes, enquanto Carolina o escutava em silêncio, imaginando as mudanças que iria providenciar em breve.

Bernardo constatava que a coleção era grande e de qualidade, superando o que imaginara possível; que os equipamentos museológicos eram atualizados; que a equipe era pequena e que lhe parecia suficientemente especializada. Era um trabalho que o interessava muito. A mulher que caminhava ao seu lado também. Seus comentários e intervenções eram inteligentes, ela tinha segurança e suavidades nos gestos, na voz que nunca se fazia infantil e no perfume sutil e original.

O escritor magistral escreveu, com observação aguda e bem-humorada *"que os amores eram sempre à primeira vista, porque não haveria a sorte de ocorrer uma segunda chance no universo exigente do tempo e pela dinâmi-*

ca das vidas das pessoas."

Eles trabalharam durante toda a manhã, verificando as obras em acervo vivo (as que estavam expostas) e os depósitos de reservas (as que estavam guardadas). Existiam centenas de obras em telas, em esculturas diversas e milhares de desenhos, pastéis e gravuras, que precisavam ser fielmente fotografados e catalogados de maneira sistemática. Seria necessário realizar um trabalho contínuo ao longo de 18 meses para catalogar aquele acervo no seu conjunto e em detalhes e dar-lhe estrutura científica na edição do livro-catálogo pretendido.

Carolina mostrou-lhe o sofisticado sistema de câmeras de vídeo de vigilância, monitorizados à distância, com gravação intermitente em discos digitalizados, que cobriam todos os pontos da Fundação, as salas de exposição, as reservas, as salas administrativas, os jardins e o parque arborizado com espécies nativas, que compunham o entorno da paisagem da Fundação.

Bernardo constatou que apenas não havia câmeras nos banheiros e num corredor branco em curva, que ligava as salas administrativas às salas de reserva técnica, fora do acesso ao público visitante.

Por volta de meio-dia saíram no carro esportivo da moça, que dirigia com velocidade pelas vias que lhe eram bem familiares, e foram almoçar num pequeno restaurante no centro do vilarejo, onde comeram pouco, apenas saladas e um suflê de cogumelos, especialidade do local.

O alimento não interessava tanto a eles, estavam

com seus sentidos voltados ao trabalho e a outros interesses. Conversaram animadamente sobre o futuro da Fundação e com leveza sobre outros assuntos, música, viagens, alguma coisa sobre artesanato popular e literatura, constatando convergência de preferências. Não tocaram em assuntos de política, de esportes ou de religião, que não faziam parte dos assuntos de relevância ao professor. Carolina, delicadamente, se fez gentil anfitriã. No final da refeição, sem sobremesas, ele tomou um café expresso, sem açúcar, e ela preferiu um chá de ervas, também sem adoçantes.

"*Ele, aparentemente, não se envenena de açúcares e de frivolidades, parece ser um sujeito interessante*", pensou Carolina enquanto dirigia retornando à Fundação.

"*Essa moça é superior, muito inteligente, sabe fazer as coisas e ainda tem esses olhos inacreditáveis...*", pensou Bernardo, deixando-se levar.

Trabalharam ainda cerca de duas horas no prédio vazio. Ele, percebendo a todo instante a presença tépida e o perfume de elegância irrepreensível ao seu lado. Ela, divertindo-se com o humor delicado dos comentários dele e aprendendo com a conversa sobre as peculiaridades desconhecidas de vários artistas. Estava sendo uma tarde agradável.

Ela pediu-lhe para ver qualquer coisa numa das reservas técnicas acerca de uma dúvida que surgira sobre um dos quadros. Foram até os depósitos de telas e movimentaram as grandes treliças metálicas que sustentavam as obras. Ele fez as anotações necessárias em sua fichas, saíram das reservas e apagaram as luzes.

No regresso, entraram juntos pelo corredor em curva, de iluminação tênue, indireta, proveniente apenas dos vãos das extremidades ocultas das paredes, de baixo para cima, a uma terça parte do teto, num espaço de passagem genialmente concebido pelo arquiteto, dentro do qual, de um determinado ponto não mais se via o seu início ou o seu final. Vertiginoso igualmente nas curvas dos encontros sem arestas junto ao teto ou ao rés do chão, um estranho espaço sem divisões em unidades matemáticas mensuráveis. Aquilo parecia um lugar onde o tempo se paralisava ou se fazia infinito.

Para Bernardo aquele ponto aparentava ser um lugar ancestral, assemelhava-se a uma caverna e transmitia-lhe uma sensação bizarra, nuclear, emergencial. Ali se sentia estranhamente uno, um ser absoluto e integral.

Segurou Carolina pelo quadril, abraçando-a e puxando-a para si. Juntou-se a ela e beijou-lhe a boca. Ela, surpresa e quase assustada, retribuiu e na seqüência apertou o seu corpo contra o dele, respondendo ao abraço e alongando o tempo do beijo inesperado. Bernardo curvou-se sobre seu pescoço e sussurrou-lhe algo ao ouvido.

"*Come, então...*", murmurou Carolina, já assustada pela situação pública e perigosa em que se encontravam. Rapidamente, ele desafivelou o cinto dela, abriu sua calça e fez com que ela se ajoelhasse no corredor, livrando-a parcialmente de suas roupas, sem despi-la. Bernardo possuiu-a por trás, de maneira selvagem e direta, foi algo lancinante e satisfatório. Pelo inesperado e pelo perigo iminente.

Ele a subjugou segurando-lhe pela nuca, puxou-a vigorosamente com o punho pelos cabelos, prendendo-a e abraçando-a com força, sendo correspondido pelos movimentos ritmados e vigorosos que a fêmea natural imprimiu à relação. Bernando estendeu a mão ao longo de rosto dela, roçando-lhe a boca e dando-lhe o antebraço para que ela o mordesse. O que ela fez, com sofreguidão, cravando-lhe os dentes um pouco acima do pulso esquerdo, marcando-o numa fieira elíptica de hematomas púrpuros, até romper-lhe a pele e provocar filetes finos de sangue que escorreram pelo pulso. Os movimentos acentuaram-se, intensificando-se até uma explosão de gozo vulcânico e silencioso, naquela garganta de tempos primevos em que se transformara, para ele, aquele corredor mergulhado em silêncio e luminosidade incerta.

Os movimentos, a força empregada por ambos, os puxões, os grunhidos abafados, as dentadas sangrentas, a ferocidade e o domínio poderiam sugerir um quase estupro, mas alguma coisa animal e grandiosa sobrepujou qualquer observação vulgar. Algo incompreensível, de dimensão trágica e solene, como o clarão prolongado de um raio sobre a noção do sentido da vida, acabara de ocorrer. Perigo, instinto, medo, força, sangue, fluídos, prazer e vida: uma seqüência atordoante que os remeteu ao princípio dos tempos, ao tempo dos sobreviventes das cavernas.

Carolina ergueu-se, compondo suas roupas e a sua

alma, abraçou com ternura e suavidade o homem em pé à sua frente, ele também um tanto surpreendido, e o beijou com fervor durante algum tempo, com os lindos olhos cerrados. Bernardo também a beijou com os olhos fechados, sentindo sob seus pés o planeta que girava e flutuava sobre o universo infinito.

"Homens gostam de uma rapidinha... mas não tem importância, eu também gosto", disparou Carolina sorrindo, enquanto se dirigiam para as salas administrativas, de novo arrumados e já sob o olhar eletrônico das câmeras de vigilância. Bernardo anotou na memória a provocação da moça.

Não trabalharam por muito tempo, nada mais seria importante naquele dia e deixaram a Fundação alguns minutos depois. Naquela mesma noite, passada na casa de Carolina, tiveram o tempo necessário para um amor prolongado, atencioso e delicado.

Um mês e meio após a visita de Bernardo à Fundação, a convite de Carolina, começaram os trabalhos de catalogação e registro fotográfico para o livro-catálogo, coordenados por ele.

Seis meses mais tarde, Bernardo e Carolina casaram-se.

Dois anos e quatro meses depois de iniciados os trabalhos de documentação de imagens e elaboração de textos, o livro-catálogo das obras foi lançado numa grande festa na Fundação Terra Arte, o que atraiu gente e a imprensa de todo o país, sendo recebido com elogios, publicações em periódicos e uma coleção de prêmios.

Durante esse tempo, em duas ou três oportunidades com outras pessoas, Bernardo chamou Carolina de *a moça do corredor* e, naturalmente, ninguém entendeu do que se tratava. Ele nunca explicou e ela sempre lhe sorriu com doçura e cumplicidade.

Uma única vez, numa noite fria de inverno, em casa e a sós, ele lembrou a ela aquela sensação ancestral que tivera, desenvolvendo a idéia da caverna deslocada no tempo e fincada naquele corredor. Ouvindo seu argumento, Carolina olhou-o fixamente do fundo azul de seus olhos, em silêncio absoluto, durante vários minutos, sem nenhum sorriso. Bernardo teve então uma nova sensação, estranha e desconhecida, dando-se conta do magnetismo indomesticável daquele olhar tremendo e predador, de grande felino, e, pela primeira vez, da sua assombrosa semelhança com um outro olhar, presente de maneira errática em sua memória, similarmente azul, grave e milenar, o de uma gata siamesa que convivera com ele e com seu trabalho durante um período de dezoito anos, até a morte do pequeno animal.

CIDADES TROCADAS

Alguém que caminhe sobre a muralha da cidade fortificada de Saint-Malo, Bretanha francesa, na parte oposta ao interior do continente, em seu frontão mais debruçado aos ventos e ao mar, poderá ver a orgulhosa estátua de bronze, em gesto audaz, do Almirante Geral da Armada da França, o sr. René Duguay-Trouin, detentor de uma Carta de Corso do Rei Luiz XIV, um guerreiro dos oceanos que tomou a cidade do Rio de Janeiro entre 15 de setembro e 13 de novembro de 1711, quando o Brasil ainda era colônia de Portugal.

Restaram os documentos da época, em suas duas versões, acerca daquele seqüestro; a dos portugueses ressentidos pela agressão, e as cartas de bordo do próprio comandante do assalto à cidade, o que lhe valeu riquezas, reconhecimento e honrarias na corte francesa.

Nessas escaramuças de corsário normalmente ocorria uma chegada de surpresa, uma batalha rápida, uma fuga meio improvisada, com o carregamento do butim apresado; e a retomada primitiva da rotina, morna e amedrontada, pelos habitantes no local que vivera o sobressalto do fato histórico, o que deu margem a narrativas diferentes, conforme o lado dos protagonistas envolvidos e os seus arroubos patrióticos divergentes sobre um mesmo fato.

Acontecimentos que dão certo em lugares ricos, povoados e expostos, costumam deixar uma profusão de bons documentos e testemunhos interessantes. Quando ocorrem fracassos, poucos observadores, locais inóspitos que trocam de nomes ao longo do tempo ou se as coisas não saíram exatamente como se planejara, os vestígios escasşeiam e pouco ou nada se saberá, no futuro, acerca desses outros acontecidos, importantes, mas certamente esquecidos.

Pesquisas foram desenvolvidas em Paris e em Saint-Malo, por Cayetano Pires Roitman, em documentos deixados por descendentes diretos do sr. Duguay-Trouin e no Museu da Armada. Muitos deles anotados escrupulosamente em caligrafia regular pelo próprio navegador, em suas diversas cartas de bordo e noutras páginas, preservadas em fragmentos bastante danificados de um único diário de bordo de 1713; além de outros manuscritos em letra miúda, sem a sua assinatura, mas descobertos pelo olhar treinado do pesquisador, em Paris, num estranhíssimo mapa antigo do continente sul-americano, elaborado por um cartógrafo-navegante do rei, datado por volta de 1712.

Cayetano Roitman conseguiu lançar, com sua perseverança e teimosia, um tênue facho de luz sobre essa história ensombrecida do corsário francês.

O sr. Duguay-Trouin chegou de retorno a Brest em 6 de fevereiro de 1712, depois de sua bem-sucedida expedição ao Rio de Janeiro, a bordo de uma combalida, mas repleta, nau capitânia, com 74 canhões, o vaso de guerra *Lis*, que ele próprio comandava e que seria restaurado e rearmado ao longo daquele mesmo ano em Saint-Malo. Em razão dos bons sucessos do empreendimento bélico no Rio de Janeiro no ano anterior, o navegante francês foi agraciado com o título de Almirante de Esquadra em 1715, pelo próprio rei, ganhara comendas e posteriormente chegaria ao posto de Almirante Geral da Armada do Reino, em 1728.

Mas algo misterioso ocorrera em fins de 1713 envolvendo esse aventureiro dos mares e uma outra expedição de corso contra terras das colônias de Portugal.

Cayetano Roitman descobrira alguns vestígios que, surpreendentemente, localizavam o sr. Duguay-Trouin em alguns pontos obscuros e totalmente desconhecidos dos navegadores europeus, bem ao sul do Brasil.

Segundo Cayetano Pires Roitman, *"os banqueiros de Saint-Malo, que apoiavam Duguay-Trouin, resolveram novamente financiar uma expedição de assalto naval contra uma colônia de Portugal, ainda em terras do Novo Mundo, no caso, a Colônia de Sacramento, plantada na embocadura do Rio da Prata, em sua margem esquerda, local por onde, falava-se na corte da França, passavam volumes expressivos de prata roubada aos espanhóis, provenientes da exploração dos altiplanos andinos."*

Roitman pesquisara nos antigos registros dos armadores dos estaleiros reais da fortaleza bretã que o navio de guerra *Lis* tinha sido para lá conduzido desde o porto de Brest, restaurado, remastreado e armado, ao longo de 8 meses, entre os anos de 1712 e 1713. Ele também encontrou documentos que indicavam os serviços e os valores investidos na preparação e no rearmamento das naus *Brillant, Bellonne* e *Astrée*, que haviam participado, igualmente, da expedição ao Rio de Janeiro. Nessas, o tempo demandado na restauração fora bem menor, uma vez que as avarias constatadas foram consideradas de pequena monta, especialmente se comparadas às da nau capitânia, a que mais sofrera ao ser colhida por tempestades em alto mar, no seu retorno em pleno inverno europeu. Aparentemente, o sr. Duguay-Trouin tivera um apreço especial pela formidável capacidade náutica e na fortaleza de seu vaso de guerra.

Roitman pesquisara profundamente as cartas de bordo do sr. Duguay-Trouin em Saint-Malo. Familiarizara-se com sua caligrafia à pena, ordenada em traço regular, quase gótica, e sentia-se capaz de reconhecê-la com alguma facilidade.

Esse foi o motivo de seu assombro quando fisgado, de passagem, numa fria noite parisiense, sob uma garoa paralisante, por algo que lhe chamou imediatamente a atenção. Numa vitrine mal iluminada da Rue Madame, em Saint-Sulpice, nas proximidades do Jardim de Luxembourg, uma lojinha de antiquariato de papéis caligráficos e autografados mostrava, amarelecida, uma preciosidade do acaso. Um velho mapa cartográfico do litoral da América Meridional. A carta fora executada em 1712 por um certo sr. Amader Frezier, engenheiro-cartógrafo, por ordem do rei, e continha, inevitavelmente, uma notável falta de precisão sobre todas as regiões, especialmente na costa e no interior do atual Rio Grande do Sul, na extremidade do então Brasil colonial português.

A peça estava um pouco cara, mas para ele Cayetano tinha um valor incomensurável. Valia mais do que era pedido, pelas várias anotações apócrifas nas quais ele reconhecera, com deslumbramento, a caligrafia familiar do navegante bretão.

Ali aparentavam estar umas pistas preciosas, a linha de investigação diferenciada que ele tanto procurara: uns comentários manuscritos, várias correções e as duas palavras inesperadas em tupi-guarani, grafadas *"yacaranda"* e *"borare"*. Quedou-se, extasiado, durante um largo tempo, pouco se importando com a chuvinha gelada que o ensoparia logo em seguida, tentando extrair a confissão de cada letra e as promessas e segredos que ali pareciam estar encerrados.

Era um tesouro extraordinário exposto frente a ele, protegido fugazmente atrás daquele vidro e jogado displicentemente sobre um cenário de vários livros antigos, entre outros papéis autografados, todos com sua respectiva etiqueta de identificação, de autoria, com o preço indicado, conforme exige a lei francesa.

Cayetano voltou no dia seguinte e comprou a carta, não sem antes fingir interesse em outros autógrafos e tentar negociar com descaso falso aquilo que verdadeiramente lhe interessava. O velho francês, experiente, negociante sagaz e de humor reto, nem deu atenção às tentativas de Cayetano, e não cedeu um milímetro sequer naquela negociação, sem simpatias desnecessárias. Afinal, vira o homem rondando a loja desde cedo, reconhecera-o na tabacaria da esquina de Madame e Vaugirard enquanto tomava um expresso e ficou se divertindo com suas manobras desajeitadas de tentar fazer fumaça. Cayetano, no entanto, ficou exultante com sua aquisição porque não comprara a carta naval do cartógrafo do rei, e sim, a caligrafia apócrifa de sua descoberta única.

Cayetano Pires Roitman morava na capital da Bretanha, onde se auto-exilara havia anos. Habitava um razoável espaço de quarto e sala com lareira de mármore, que resultara minúsculo, atulhado de livros pelas paredes e pelo chão, localizado bem perto da avenida do canal que atravessava a cidade e cruzava a pé, todos os dias, o centro histórico a caminho da universidade, para a qual fazia suas pesquisas.

Sem amarguras, durante essas caminhadas, lembrava-se constantemente de sua cidade natal, Porto Jacarandá, metrópole ancorada nas margens da grande lagoa no sul do Brasil. Tinha a convicção serena em seu coração de que os seus conterrâneos tinham-lhe ficado devendo alguma coisa e suspeitava que esse crédito iria aumentar consideravelmente quando conseguisse concluir suas investigações. Sabia igualmente que teria um trabalho duro pela frente e que precisaria contar com a sorte que, finalmente, parecia estar ao seu lado.

    Sabia desde algum tempo que aquela árvore que emprestava nome à sua cidade natal não era diretamente nativa da região e sim da exuberante flora da Amazônia brasileira, chamada cientificamente de *Jacaranda Mimosaefolia*. Uma espécie que começara a migrar aos poucos, em navios, desde os portos e atracadouros do norte, em forma de sementes e mudas, chegando ao sul no lombo de mulas com outros carregamentos, adaptando-se àquelas planícies, passados dois séculos desde a descoberta dessa parte do Novo Mundo.

    Cayetano Pires Roitman descobrira o máximo nas duas palavras em que se revelava toda a história que tanto buscara. Apesar dos esforços hercúleos dedicados àqueles fados e das consistentes verbas da universidade francesa consumidas por suas pesquisas nos anos que se seguiram – porque conhecia o método e exigia o rigor científico –, não conseguiu chegar mais fundo do que o sucesso desfrutado naquela úmida e feliz noite de Paris.

    O sr. Duguay-Trouin navegava com todas as velas ao vento no meio daquele mar inesperado, uma espécie de mar de dentro - La mer d'intérieur, como ele escreveria em seu diário de bordo. O que o surpreendera fora a ausência completa de sua menção na carta geográfica do sr. Amader Frezier, cartógrafo do rei, o que comprovava a sua ignorância sobre aquela existência e até mesmo a falta de informações secundárias que o pudessem ter auxiliado na concepção de um desenho imaginário mais confiável.

No mapa, que ostentava o selo real da Flor de Lis em vermelho, aquele volume d'água impressionante simplesmente não existia. Isso dava ao comandante a impressão de que ele era o primeiro navegador europeu a singrar aquelas águas, mas disso nunca teria a certeza. Esse fato aguçava a sua curiosidade, apesar de não estar ali para isso, a sua missão era outra. O *Lis* navegava silencioso, com o seu poderio bélico, juntamente ao *Damgan*, fazendo grande curvas em formato de alas, ora a estibordo, ora a bombordo, evitando as águas rasas e buscando divisar as margens daquele mar anônimo, mas a maior parte do tempo os seus horizontes a 360º se faziam apenas de uma linha divisória entre o céu e a água.

Mar de fato não era, pois a água provara-se doce, como constatara rapidamente ao passar da embocadura para o interior do lago. Seria um lago, com certeza, porém gigantesco. Era necessário usar os vigias de mastro o tempo todo por causa dos bancos de areia, especialmente quando se aproximava das margens. A passagem entre o oceano e o continente fora bastante difícil, mas nada que atemorizasse em demasia um marinheiro experiente do Finistère, acostumado aos costões bravios de Brest e à entrada traiçoeira, cheia de rochedos, do porto de Saint-Malo.

Usando uma combinação de maré alta e uma condição de mar momentaneamente calmo, fora possível entrar naquela barra que lhe parecera um rio, tão necessário depois daquele longo trecho desde a Enseada de Guarupa, onde realizara o último abastecimento de água doce e algum provisionamento. O sr. Duguay-Trouin chegara, sem ser visto, próximo à costa, e navegara junto ao contorno caprichoso de uma dupla baía protegida, onde, por sorte, descobrira um largo curso de água bem disfarçado por uma densa floresta. Ali conseguira ocultar-se por uns dias e abastecer de maneira significativa os seis vasos de guerra que compunham a sua frota.

 Depois passara bem ao largo da ilha do Desterro, buscando e conseguindo evitar qualquer contato que denunciasse sua presença. Temia esbarrar em alguma embarcação portuguesa ou inglesa que pudesse alertar sobre a rota da frota francesa. Percorrera na seqüência um trecho extenso que formava uma longa praia, temido pelos fortes ventos e pela ausência de acidentes geográficos nas suas costas. Um horizonte plano de dunas de tamanho mais ou menos uniforme, confundindo-se com um mar arisco de linha plana hipnótica, o que só potencializava os perigos.

 Somente o *Lis* e o *Damgan* conseguiram entrar no rio, porque em seguida o mar tornou-se encapelado, quando os ventos subitamente intensificaram-se. O *Cancale* tentou algumas vezes, mas não realizou o feito e sinalizou sua desistência ao *Damgan*, quando este ainda se fazia visível.

 Duguay-Troiun viu passar pelos navios, na embocadura das águas, ainda salgadas, imensos cardumes prateados, que por vezes formavam um tapete sólido de peixes entre os cascos das naus. Nunca vira nada como aquilo. Observou também uma quantidade notável de pássaros de diversos tamanhos, formatos e cores, em sobrevôos e placidamente pousados pelas margens das praias. Os peixes explicavam as suas presenças e o seu número espantoso.

 O comandante-navegador seguia agora a toda velocidade para o norte, acompanhado de uma nau, tendo deixado quatro vasos de guerra ao largo, num litoral extremamente áspero, o que o preocupava bastante. Eram preocupações sérias que fariam sentido com o que aconteceria logo depois. O sr. Duguay-Trouin aguardava que a frota inteira o seguisse na sua aventura de descobertas naquelas águas e terras novas.

 O problema foi o tempo, que mudara dramaticamente, e as intempéries frustraram as tentativas de entrada dos navios naquela embocadura. Pior, a tempestade com ventos fortes que se abateu sobre o litoral fez com que o *Cancale* fosse jogado em direção à praia, encalhasse num banco de areia e, aprisionado, adernasse e naufragasse naquela costa traiçoeira. A totalidade de seus tripulantes, por sorte, conseguiu escapar, refugiando-se nos outros três vasos de guerra, que se fizeram ao largo para tentar fugir aos riscos de naufrágio iminente. Dispersos pela tempestade, pelas ventanias e em alto mar, não mais se encontrariam, inclusive porque um dos navios esbarrou, por acaso e má fortuna, numa numerosa frota real inglesa a caminho do Chile. Após um combate ferrenho e sangrento, foi apresado pelos ingleses e incorporado à frota sob o pavilhão britânico, com o restante da tripulação francesa sobrevivente colocada a ferros em seus porões.

Os outros dois navios decidiram retornar à França, um seguindo pelas costas do Brasil e passando pelo Caribe e o outro diretamente a Brest, passando pelo largo dos Açores.

O sr. Duguay-Trouin somente viria a saber desses sucedidos muitos meses depois.

Tendo recolhido um nativo que fora avistado numa das margens daquele mar de água doce, que não fugira e que nada falava, evidentemente, em qualquer língua européia, fosse francês, castelhano ou português, conseguira-se dele entender pouquíssimas coisas, pouco mais do que nada; de fato, pelo som apenas duas palavras em tupi-guarani. Algumas coisas, no entanto, foram percebidas pelo comandante francês; uma delas é que haveria mais ao norte provavelmente uma povoação ou uma fortaleza portuguesa, apontada pelo nativo pelo nome de *Borare*, e uma outra palavra, *Yacaranda*, com a qual o indígena identificava algumas árvores que tinham chamado sua atenção. Elas eram espetacularmente floridas em lilás, pelas margens e no meio das florestas ao redor do lago, como ele as descreveria cuidadosamente no diário de bordo e sobre o próprio mapa de Frezier.

O sr. Duguay-Trouin agora tinha um objetivo

preciso e dirigiu-se rapidamente para o norte. Era necessário evitar notícias antecipadas de sua chegada, como ocorrera no Rio de Janeiro.

  Conseguiu seu intento. A fortaleza e a pequena vila, as pessoas sobre o trapiche e no ancoradouro viram, com estupor e medo, a chegada dos dois vasos de guerra. Alguns tiros de fuzil partiram da fortaleza e foram imediatamente respondidos por uma atordoante bateria de vinte e cinco petardos desferidos contra o nível superior da muralha. Uma bala voou pelo vilarejo e desmantelou a parede frontal de uma das casas, erguida em frágeis tijolos de gravetos e barro cozidos ao sol, causando estragos consideráveis em seu interior. Outras chocaram-se diretamente com o muro, provocando estilhaços de pedra e ferro. Algumas balas de pontaria devastadora provocaram três mortes entre a guarda colonial portuguesa nos cimos da fortaleza, enquanto outras, incandescentes, caíram atrás dos muros da guarnição, provocando princípios de incêndio, arduamente debelados.

  Isso foi o suficiente para que a fortaleza içasse uma bandeira de rendição, desagradando enormemente a população aterrorizada que viu ali uma atitude precipitada de covardia e traição. O comandante francês, senhor daquela situação, mandou incendiar e afundar imediatamente todas as pequenas embarcações visíveis junto aos embarcadouros, para evitar problemas futuros na hora de sua partida, atitude que, ele percebera, foi considerada por todos os habitantes como uma outra traição intolerável. Por este motivo, ele escreveria a palavra *trahison*, em letra miúda na parte inferior direita da carta geográfica do engenheiro-cartógrafo Frezier, quase junto do desenho do globo que continha o brasão com os símbolos do reino.

    Nos poucos dias em que permaneceu ao largo do povoado, tratou de cobrar os seus pedágios em dobrões de ouro e prata, em pólvora e em mantimentos frescos. Junto, recolheu mudas da árvore que o impressionara, para levar em seu retorno para a Europa. Ordenou que um feixe de toras de jacarandá fosse cortado nas matas nas imediações do vilarejo e embarcado nos porões do *Damgan* para que fosse analisada na França sua possível qualidade na fabricação de utensílios e móveis, além de promover experiências comerciais de tingimentos, afinal, essa terra já se revelara antes surpreendente e rentável nesse aspecto com sua flora desconhecida.

    O marinheiro não era um alquimista e ficara curioso com o esplendor da cor da floração, que observara pontuada na floresta, sob o sol meridional.

    O sr. Duguay-Trouin permaneceria pouco tempo no povoado submetido, preocupado em retornar e reencontrar o restante de sua frota em alto-mar, visto que as naus não chegaram como ele estivera esperando. Além disso, tinha sido informado pelos batedores que foram buscar a madeira, que se organizava uma resistência fora do povoado, na expectativa da chegada de armamentos e dos reforços de tropas portuguesas, o pouco que fora pilhado já lhe parecera suficiente para uma empreitada sem riscos que não tinha sido previamente programada.

    A sua verdadeira missão era outra, mais ao sul. Ordenou então a partida do *Lis* e do *Damgan* numa madrugada de um dia de outubro de ventos fortíssimos sobre o mar-lagoa, o que muito ajudou na navegação de través e depois atrapalhou em demasia aos dois navios na reentrada ao oceano, o que fizeram em condições extremas e quase desastrosas.

    O comandante procurou, em vão, outros navios de sua frota, subindo e descendo a costa em meio aos vendavais oceânicos. Não conseguiu sequer avistar os restos do *Cancale*. Decidiu seguir na direção do sul, na expectativa de localizar a frota perdida. Encontrou pela frente, com desagradável surpresa e desconforto, um grande comboio de carga espanhol, fortemente protegido por vários vasos de guerra da Armada Espanhola, que subia desde o Prata. Frente ao ataque feroz de que foi alvo pelos espanhóis, decidiu retirar-se a leste, em direção ao continente africano, dada a sua inferioridade em poder de fogo. Em sua fuga, o *Lis* desgarrou-se definitivamente do *Damgan* e o sr. Duguay-Trouin desistiu de um ataque solitário à Colônia de Sacramento, optando por retornar a Saint-Malo pelas costas da África, o que foi especialmente dificultado pela carência dos ventos e pelas correntes marítimas contrárias ao seu intento de navegação.

    O navegador francês curiosamente anotara as três palavras num precioso documento, premonitório em séculos e fantástico em seu legado conteúdo original. Os nomes que seriam seqüencialmente trocados de uma mesma cidade que ainda nem existia quando ele estivera secretamente naquela região isolada do Brasil: Vila das Traições, Porto Boraré e por fim, Porto Jacarandá.

Cayetano Pires Roitman manuseara a carta geográfica do engenheiro Frezier muitas vezes, refletira sobre os acréscimos e evidências que ela continha, lera centenas de vezes cada uma das palavras anotadas e não vira o elo. Sabia, por vagos registros posteriores e efetivamente nenhum documento de época, que a vila teria sido conhecida num determinado período como Vila das Traições, por motivos que permaneceram obscuros em seu passado e que deram margem às mais desencontradas lendas sobre paixões exacerbadas, crimes passionais, ataques de castelhanos, falcatruas em alianças políticas coloniais, aumentadas em sua tradição oral. Não pôde compreender e sequer imaginar que a presença do navegador francês pudesse ter algo a haver com o que se sucedera em sua cidade natal, antes ou a qualquer tempo.

Boraré, a palavra com que os indígenas se referiam àquele pedaço de rio onde fora construído o ancoraduro, depois a fortaleza e o vilarejo, indicava madeira apodrecida, a que exala mau cheiro.

Naquele remanso, pelas características da água, do terreno e das forças do curso do rio, acumulavam-se troncos e galhos naufragados. Com o correr do tempo e a presença humana, os acúmulos de rejeitos avolumaram-se. Construiu-se um trapiche e um pequeno embarcadouro.

Madeiras e barcos afundados contribuíram para a manutenção daquele estado e dos odores nauseabundos, por muito tempo.

Nos registros oficiais, nos documentos escritos e nos mapas de um longo período, durante o Império, permaneceu a cidade como Porto Boraré.

Num determinado momento, por motivações e interesses políticos, um influente caudilho local, culto e erudito, incomodado com as possíveis provocações e a potencialidade negativa de caráter pejorativo que cercava o vocábulo boraré, fez campanha para a mudança do nome da cidade, no que foi bem-sucedido.

No primeiro período da República, tempo propício para mudanças, apesar dos ódios e ressentimentos que dominavam as ações de seus habitantes, dispostos sempre ao confronto e à desarmonia, ressurgiu então a cidade sinalizando sua vocação para metrópole e adotando o novo nome de Porto Jacarandá, por sugestão poética de uma senhora sensível que o caudilho muito admirava, e graças à presença das então inúmeras árvores que cobriam praticamente todo o seu arruamento e perímetro urbano, incluindo-se as florestas em torno da cidade. Uma esplêndida cidade de porto fluvial, com sua profusão de cores lilases na floração de primavera, mergulhada na intensidade contrastada de seu sol meridional.

Em Rennes, o homem que pesquisava o passado, refletia sobre o seu futuro.

Sentado num banco de rua, nas proximidades da antiga capela gótica de Saint-Yves, transformada em biblioteca e centro de pesquisas, ao cair de uma tarde matizada em grises de outono, Cayetano Pires Roitman, como consolo, fumava vagarosamente um charuto de boa procedência, produzia uma aromática fumaça azul e pensava em sua cidade natal.

A FENDA

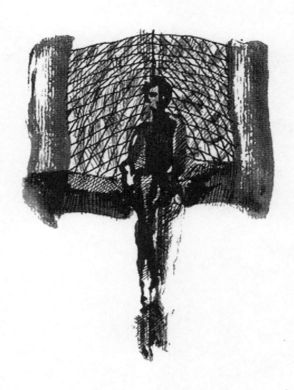

A moça era loira, esguia e histérica.

O loiro, artificial, era relativamente antigo e ninguém se lembrava mais da cor original, escura. Talvez nem fosse possível reconstituir o verdadeiro tom primitivo, pela perda natural de intensidade daquela cor da juventude e pela alteração ocorrida no volume dos fios.

Isso fora algo notável para ela, o cabelo afinara, ficara mais ralo e liso, a princípio um tanto mais sedoso e, depois, lastimavelmente, ela acreditava com desolação, fragilizara-se.

Não adiantou a troca frenética dos xampus, cremes e condicionadores, no início apenas uma mudança simples de marcas, depois a decisão pela pesquisa de uma solução milagrosa nos produtos caros e importados, de logotipos famosos. Nada resultou, o cabelo afinara e perdera o seu volume imponente. Uma questão de idade e de hormônios, quem sabe?

Dra. ou dona Lamia, chamavam-na de d. Lia, de Leila, de dra. Sofia, até de dr. Lama... Vinha assim na sua correspondência, ela não corrigia e nem se reconhecia mais nas velhas fotografias, uma vez que as imagens da memória tinham se diluído e as fotografias em papel agora amarelecido, de tão antigas, pareciam ser de outra pessoa.

Ninguém a reconheceria ali, nem Lamia nem Sofia, naquelas fotos de um passado ainda breve, fugaz como um relâmpago sem estrondo e, agora, definitivamente perdido. Percebia-se ainda interessante e atraente ao reencontrar-se, com surpresa, nas fotos em preto e branco que guardara e nessas, especialmente, pela máscara italiana definida e pelo espantoso volume de cabelos negros. Aparentava uma figura deliciosamente anacrônica, de um outro século (o que de fato, era verdadeiro).

Continuava esguia, magra como sempre fora, isso ela testemunhava no espelho.

Seria um alívio não fosse a pressão que sentia, dentro de si, todos os dias, como se estivesse engordando de ontem para hoje, como se a sua pele estivesse um pouco mais tensa, elástica e enrijecida, mais cheia, plena, inchada, como se tivesse desgraçadamente obtido mais peso e volume. Enfim, esse era o seu terror absoluto e se alguém lhe dissesse isso, que ela engordara, assim de chofre com essas mesmas palavras, ela previa um choque insuportável, uma bomba que a faria desfalecer na hora ou que a mataria, até. Sabe-se lá como isso doeria.

Ela aparentava estar magra ao seu espelho, fazia sacrifícios para tanto, mas tinha um pavor recorrente de que poderia engordar a qualquer instante, por um descuido qualquer, e vigiava-se, panicada. Por via das dúvidas, comia cada vez menos, tomava litros d'água, e não bebia, sob qualquer hipótese, álcool ou refrigerantes. Apenas se sabia infeliz, todos os dias, por causa dessa perspectiva, imaginária ou não, do ganho de peso, previsível e devastador.

A histeria tinha sido uma conquista recente que se somara aos terrores antigos.

Simplesmente passara a ser intolerante e impaciente acerca de várias atividades pelas quais muito se exigia, em graus de esforços quase inumanos e também nas expectativas atribuídas aos comportamentos alheios, com os quais era cada vez menos condescendente.

Falava disso a todos e gerava desconforto generalizado. Alguns até se afastaram dela por causa de seus julgamentos e de sua franqueza. Além disso, acostumara-se a identificar falhas e erros com incontornável precisão: os seus próprios, que procurava corrigir sem espalhafato mas sem contemplações, com áspera dose de auto-crítica; e os dos outros, a quem procurava alertar, com a maior discrição possível, mas com franqueza que assustava, sem exceções. Procurava fazê-lo, habitualmente, por telefone para evitar o constrangimento dos olhos, denunciadores do espírito e dos temores de cada um. Nem sempre conseguia ser bem-sucedida, pois, na quase totalidade dos casos, as pessoas envolvidas reagiam bastante mal e tudo terminava de forma péssima em ligações telefônicas abruptamente cortadas, em amizades desfeitas e até, imagine só, em contratos rompidos.

Agora as coisas estavam piorando de vez, porque, repentinamente, passara a ocorrer uma coisa estranha e assustadora. Um fenômeno físico desconhecido.

Não bastasse o significado original de seu nome, que felizmente todos ignoravam, ou o azar de seu signo no zodíaco, escorpião, estava sofrendo muito, de verdade, mesmo sem as dores físicas...

A sua língua começara a fender-se... Principiara a bifurcar-se em duas longas pontas, como se fosse uma língua de um réptil.

Amanhecera certo dia, num sábado, em viagem e longe de casa, numa cidade marítima, noutro país, noutro continente e noutro hemisfério, onde fora participar de um congresso e proferir uma palestra, com a língua separada em duas pontas, sem cortes e já em cicatrização avançada. Assustara-se ao se ver no espelho do hotel, não entendera a motivação. O que ocasionara aquilo? Não poderia ser a água, nem a pimenta que evitara a todo custo, tampouco o feijão que aqueles esquisitos punham em todas as refeições naquele país louco, a qualquer hora. Não ocorrera nenhum acidente que o justificasse, nem estivera consumindo outros produtos desconhecidos ou drogas estranhas. Aliás, nunca experimentara nada fora do comum a não ser os seus próprios remédios, chancelados criteriosamente por seus médicos em receitas autorizadas.

Mas sabe-se lá...

Eram os remédios para dormir, porque há muito passara a ter umas insônias invencíveis, e eram os outros remédios que tomava, os para acordar, porque ela tinha que se manter desperta e esperta. Havia os comprimidos para combater as enxaquecas matinais e as tardias, as persistentes. Tomava todos os dias algo pela necessidade de elevar o astral, uma droga fortíssima para segurar a depressão. E ainda tinha aquele remedinho preventivo, contrabandeado, em amostras grátis, que seu médico de confiança lhe fornecia para segurar o apetite e não deixar que ela engordasse. No meio desse almofariz, não se permitia o álcool, porque, tinha a certeza e a experiência, sucumbiria numa viagem de vertigem a um poço sem fundo.

Só que aquilo a estava deixando pirada e dependente química. E essa da língua, de repente, teria algo a ver com tudo isso?

Saíra daquele país em que não se entendera e voltara naquela mesma noite para sua cidade, preocupada com a situação que estava vivendo, sem conseguir dormir direito no avião, mergulhada na noite diabólica, febril e incandescente, feita de uns pesadelos mal assombrados e de suores noturnos, misturados com os sobressaltos da realidade, língua roçando o céu da boca.

Daquele dia em diante, a sua língua começara a separar-se em duas e enegrecer visivelmente. Será que afinaria e ficaria cor de fígado, como se fosse a língua pontuda e bífida de uma serpente?

O pior é que perdera um pouco da precisão na sonoridade das palavras. O som das palavras modificara-se. Lamia atrapalhara-se com as duas pontas e com um novo som sibilante, cheio de esses, que passara a emitir.

Algumas palavras que gostava de falar, de maneira estalada e quase agressiva, para ganhar as paradas em reuniões e palestras, agora lhe escapavam, com uma clara e perceptível dificuldade na pronúncia.

O que significava isso?

Teria que ir ao seu médico mais velho e mais sábio para obter as explicações, apesar de estar um tanto envergonhada com o fato. O que suas amigas diriam daquilo, da nova aparência da sua língua, iria entrar para o anedotário geral e para o folclore das intrigas mais ferinas?

Isso não a divertia, ao contrário, era vetor de dolorosa angústia. Esses sintomas teriam tratamento reversivo? Haveria de tomar outras drogas e suprimir as que já vinha tomando? A solução teria que ser cirúrgica? Perguntava-se isso, em silêncio, frente ao espelho, a boca aberta com a língua esticada, as duas pontas paralelas mexendo-se lentamente, sem sincronia.

E por que estava ficando mais preta e brilhante, nessa cor asquerosa e indesejada?

Eram perguntas assombrosas, sem resposta, que a mortificavam e a faziam chorar, escondida, desconsolada.

Uma semana se passara e a situação agravara-se de fato. Fora discretamente ao escritório. Falara pouco, baixinho, não abrira muito a boca. Os outros quase não estranharam, mas marcara umas consultas médicas para vários dias diferentes na semana e conseguira disfarçar com astúcia, aparecendo pouco por ali. As consultas agendadas nada tinham a ver com a língua e não a mostrara a quem quer que fosse. Ninguém percebera nada ainda, se bem que sua secretária, Margarete, andava desconfiada, observando-a atentamente. Ela percebera algo diferente no som das palavras, especialmente quando Lamia falara ao telefone, estranhara os chiados e os novos esses, com uma espécie de sotaque reinventado, sibilante. Por este motivo, Lamia evitava agora falar em excesso, permanecendo o mais lacônica e silenciosa possível, o que não tinha sido difícil.

Difícil era olhar-se no espelho, abrir a boca e espiar com prudência aquele horror. Ali estava uma realidade dura. Horror que ela, Lamia, sentia por tato a cada instante dentro da própria boca e ao qual nunca se acostumaria, pensava, naufragada no pânico. Uma língua de cobra, ela se desesperava com a imagem. Desejava que não fosse verdade, que aquilo não estivesse acontecendo, que fosse apenas uma espécie de mau sonho do qual se livraria passado o efeito do fuso horário ou da passagem tardia pela linha do Equador... Mas fazia tempo e o fenômeno evoluíra. Será que já acontecera com outras pessoas? Nunca soubera de nenhum caso, nunca lera nada a respeito...

Estava ficando cada vez mais difícil falar, a língua se enrolava toda e algumas palavras não saíam mais direito, estavam encordoadas.

Lamia chorara durante umas dez noites seguidas. Pensava com angústia e até culpa, por que aquilo estaria acontecendo justamente com ela? Se teria reversão ou seria um estigma, uma marca pessoal que a condenaria para sempre, uma deficiência que trazia uma admoestação moral e um rebaixamento físico. Nunca soubera de ninguém, homem, mulher, *gay*, criança, jornalista, quem quer que fosse, que tivesse ficado com uma língua assim...

Resolveu que não contaria a ninguém, nem aos seus médicos. Lembrava que no passado remoto, apesar dos emocionantes juramentos a Hipócrates, alguns deles tinham sido os denunciadores contundentes de seus clientes às fogueiras de Inquisições tardias. Depois, outros ajudaram com fervor incontido as ditaduras de todos os matizes e, atualmente, não primavam por ser discretos, gostavam de aparecer, com sorrisos resplandecentes, em fotografias nas revistas de celebridades. Faziam questão de ser vistos dirigindo caríssimos carros importados (normalmente alemães), escreviam livros e contavam tudo. Ela temia ver-se transformada numa atração de circo, já fora do tempo dos circos.

Não! Decidira não contar nada a ninguém, talvez isso a ajudasse a recuperar a calma, que era o que mais precisava. Esse passou a ser o seu pensamento constante.

Depois de treze dias desesperados e à beira da histeria, deu-se conta de que ninguém percebera nada. Ninguém fica olhando dentro da boca dos outros, observando a movimentação, a cor ou feitio das línguas, fazendo comparações. Assim, ela conseguira disfarçar a tragédia. Ou aquilo que lhe parecera uma tragédia humilhante.

Controlar os seus nervos e recuperar o domínio da situação, essa era a sua tarefa enquanto continuasse daquele jeito, não permitindo que os outros notassem a presença da língua absurda.

Dois meses após o fenômeno ter ocorrido, ela conquistara um domínio físico completo sobre a nova língua, mantinha-a unida e tornara a pronunciar as palavras com perfeição, como de hábito. Sua secretária Margarete já não mais a observava desconfiada e tudo se normalizara.

Lamia tinha agora um segredo, oculto dentro de sua boca.

Sempre gostara de comandar, de ser imperativa, de distribuir ordens. Sentia-se mais forte ainda por ter conseguido dominar o seu desespero e os movimentos aleatórios de sua própria língua e, evidentemente, percebia-se mais misteriosa, senhora que era de seu próprio enigma.

Pouco a pouco, aquilo que fora uma monstruosidade sinalizara outra forma, ela compreendera a dimensão exata, aquilo se humanizara para ela. Ainda era algo que lhe parecia bem terrível, mas já nem tanto, ela conseguira esconder dentro de si. Era também uma situação de cenário alterado que lhe atribuía uma certa feitiçaria, um xamanismo particular sobre o qual se sabia sacerdotisa suprema. Ela tinha a informação que todos desconheciam e, portanto, estava preparada para comandar a surpresa: uma singularidade com que talvez pudesse contar a seu favor num momento inesperado.

Havia ali uma receita de poder e isso era da sua vocação.

Somando-se à sua histeria assumida, o que já

assustava uns e lhe dava dianteira em relação a outros, conseguira reinventar um novo cenário mais propício em potência de imposição e em domínio, que foram as ambições em quase todos os momentos de sua vida, ainda mais agora que era portadora de um segredo impressionante como aquele.

Precisava arranjar com urgência um namorado novo para um teste. Um *gato* bonito e jovem que pudesse controlar, com quem pudesse sair e passear por aí, orgulhosa... Sobre quem exercesse o seu poder de mando, que pudesse identificar e dar-lhe ciência sobre seus problemas emocionais, mostrar as limitações que certamente ele próprio ainda desconheceria e apontar-lhe as soluções mais adequadas, normalmente terapêuticas. Ela poderia até lhe indicar o profissional perfeito para o seu caso, ou casos.

Alguém que ela pudesse ajudar com sinceridade e a quem pudesse beijar com aquela sua aquisição, a língua ágil e bifurcada, a sua surpresa, com a qual poderia impor de maneira mais aguda seus poderes de sedução e enfeitiçamento.

Como seria beijar com aquela língua?, perguntava-se Lamia em silêncio, agora sem vergonha.

BARATAS VOAM DOS CEMITÉRIOS

"Estou preocupado, é preciso fazer algo."

O sr. Albumina tinha horror a baratas e uma idéia que o perseguia há anos. Estava escrevendo umas apostilas seqüenciadas, baseadas em estatísticas que ele realizara exaustivamente sobre o inseto, algo carente de fundamentos científicos, porém com métodos que ele desenvolvera intuitivamente e que lhe pareciam suficientemente lógicos e esclarecedores acerca das características, do comportamento coletivo e de seus hábitos asquerosos.

A sua idéia consistia em que todas as baratas eram provenientes dos cemitérios das cidades e das vilas, onde se reproduziam em condições ideais e de onde partiam em vôos lancinantes para ocupar locais ocultos em casas, cozinhas, despensas, silos, galpões de estoques, mercados, encanamentos e frestas diversas.

O sr. Albumina conseguira perceber coincidências sazonais. Criara relações entre os aumentos dos números de óbitos registrados em sua cidade, em alguns centros urbanos próximos ao local onde morava, e os volumes, para ele estarrecedores, das invasões de baratas que essas cidades sofriam todos os anos.

Ele anotara vários e diversificados números, oscilações de temperaturas e níveis pluviométricos em grandes livros de contabilidade, cuidadosamente numerados e encapados em tecido negro durante anos seguidos, e criara curvas que os relacionavam entre si, buscando comprovar o que imaginava, com horror e asco.

Para ele, a proliferação de baratas nada tinha a ver com higiene de locais ou com disponibilidade de alimentos e sim com a maior presença de cadáveres nos cemitérios. Elas se alimentavam nas cozinhas, nos depósitos dos mercados e nos monturos de lixo, mas a sua origem era sempre do mesmo lugar.

"*Baratas têm cheiro característico e fazem um barulho assustador, pequenos estalidos e um farfalhar seco de asas que é capaz de transtornar e panicar qualquer um*", comentava ele com os amigos e conhecidos, inventando deliberadamente um galicismo para suavizar a afirmação, mas todos reagiam mal e procuravam desviar do assunto. "*As baratas são amaldiçoadas, são como a morte, nos dão uma melancolia instantânea e são assunto a evitar, porque resulta desconfortável e de mau-gosto para todo mundo*", concluía ele em seus pensamentos.

Aparentemente, ninguém, sem exceções, parecia gostar de baratas. Diferentes dos grilos, que são insetos de criação doméstica na China, das serpentes e das aranhas, que possuem admiradores e até quem as colecione em caixas de vidro dentro de seus quartos. "*Não, com as baratas isso nunca acontecia, elas se juntavam espontaneamente noutras caixas...uufff*", desabafava sozinho tentando apagar seus próprios pensamentos.

Essas baratas, detestáveis além de todos limites

para o sr. Albumina, aparentavam-lhe ser uma metamorfose agoniada dos espíritos de almas desamparadas ou dos miasmas derradeiros dos corpos em transformação.

A sua residência, no entanto, era limpíssima. O sr. Albumina era um obsessivo com relação à limpeza, mantinha uma faxineira regular, evitava cozinhar com freqüência em casa e controlava com rigor o armazenamento e a embalagem dos alimentos. Mantinha alguns frascos de inseticidas antibarata em locais estratégicos, para uso emergencial, ao longo de toda a habitação, e inventara um sistema cruzado de caixinhas de fósforos abertas, contendo ácido bórico em pó, nos ângulos de cada um dos cômodos da casa. Ainda assim, vez por outra alguma barata aparecia, para desgosto de Albumina, que entendia, resignado, ser uma comprovação de sua tese, a de que elas chegavam, rastejando ou voando, provenientes sempre de um certo local distante.

O sr. Albumina nem sempre se chamara assim. Esse era um apelido de adolescente, atribuído na escola por uma resposta mal dada a uma pergunta de um professor de biologia sobre a composição do ovo de galinha, o que gerara uma situação constrangedora para ele e hilariante para seus colegas. Todos passaram a chamá-lo de Albumina, ele reagira muito mal e o apelido colou-se nele indelevelmente, extravasando as portas do colégio.

Com o passar dos anos o apelido foi se incorporando e modificando o seu próprio nome. Tornara-se para todos, sem exceções, o sr. Albumina e e em alguns casos mais singelos, o seu Mina. Formara-se em contabilidade, trabalhara por anos a fio como um funcionário, sem grandes aspirações mas com probidade impecável, no Banco do Estado. Como os tempos ainda eram outros, menos selvagens, preservavam-se algumas garantias sociais e um certo respeito aos direitos trabalhistas adquiridos perante uma antiga legislação que contemplava de alguma maneira os esforços, o mérito e a dignidade humana. Conseguira aposentar-se com uma quantia módica de salário regular que o permitia sobreviver sem faltas, podendo dedicar-se com afinco aos seus estudos sobre os hábitos das baratas.

Ossanto Pereira de Castro era o seu nome de fato. Nunca lhe explicaram direito o que significava esse seu primeiro nome, o que o levava a suspeitar que tinha ocorrido um erro ou uma má interpretação do escrivão no Cartório de Registros de Nascimentos. Talvez devesse originalmente chamar-se Antônio ou José. Permanecera a dúvida que fora se dissolvendo no tempo com a adoção generalizada de seu apelido, que poderia até ser incorporado ao seu nome por uma solicitação ao juiz, como fazem hoje jogadores de futebol, apresentadores de programas de auditório na TV e até alguns políticos. Já não era um jovem e isso não tinha mais importância.

Pereira parecia-lhe ser de cristão novo, oriundo de Portugal, e o de Castro, afirmaram-lhe ser aparentado a um militar envolvido nas batalhas da conquista do Acre. Levaram-no quando criança para ver o túmulo monumental em homenagem ao talvez parente famoso, num dos cemitérios de sua cidade. Lá, estupefato frente ao mausoléu que lhe pareceu descomunal e tonitruante em bronze negro, incomodou-se com uns cheiros esquisitos e com a presença de inúmeras baratas que viu, com desgosto, fugindo rapidamente entre frestas úmidas, por trás de arbustos e flores envelhecidas. Não fora uma boa experiência e deixara uma marca mórbida em sua memória. Voltaria adulto a rever o túmulo e esse aparentara ter ficado um pouco menor e um tanto anedótico. Ainda assim viu baratas por ali e elas pareciam estar agora em maior número.

"Estou preocupado, é preciso fazer algo" tornara-se um bordão recorrente em seus pensamentos.

Escrevera a algumas organizações ambientais, sem obter respostas. O mesmo ocorrera com as cartas enviadas às universidades e às revistas científicas. Aparentemente ninguém o levava a sério. Não buscava reconhecimento ou notoriedade, apenas queria uma solução para um problema que o afligia todos os dias.

Três experiências potentes o marcaram em momentos diferentes de sua vida. Quando fora muito jovem, ainda estudante e Albumina recente, ele estivera na Argentina, viajando, com uma mochila e em pequenas caronas. Chegara a uma cidade média, junto a um rio, com uma admirável ponte pênsil, que todos chamavam de *colgante* e que ele, ignorante em espanhol, logo imaginou tratar-se de homenagem a um presumível e soturno general Colgante. Foram tais imprecisões e conclusões apressadas que o levaram a seu apelido.

Naquela cidade, após passear, tomar sorvete e observar com curiosidade os hábitos das pessoas, localizou um lugar modesto para passar a noite: um quarto aparentemente limpo de uma hospedaria junto ao mercado cerealista. Durante a noite, desconfortado, ao acender a luz de cabeceira, descobrira-se coberto por centenas, talvez milhares de baratas, sobre a cabeça, pelo rosto, cabelos e especialmente em cima do cobertor cinzento que o cobria e que mudara completamente de cor, tornando-se marrom avermelhado.

Assistiu, espantado, aquele tapete farfalhante de insetos descer em bloco da cama, deslocar-se pelo chão do quarto e fugir sob o vão da porta, como um exército chinês, em retirada. Abismado, esmagou baratas por todos os lados a sapatadas, levantou-se febril, tomou uma ducha fria num cubículo anexo, quase em estado de choque, e passou o restante da noite acordado, luzes acesas, vigilante a um novo ataque das baratas, que não tornou a acontecer. Partiu apressado da cidade logo ao amanhecer. Mais de trinta anos depois descobriria, ao analisar um mapa daquela cidade, que o mercado atacadista situava-se nas imediações do cemitério público.

A segunda experiência fora a que traria o fato à percepção consciente do sr. Albumina e enlaçaria a relação direta das baratas com os cemitérios. O fenômeno que mostraria a ele que as baratas vinham dos cemitérios de maneira numerosa, em vagalhões de proporções bíblicas, ocorreu numa noite morna em São Paulo.

    Durante uma recepção para vários convidados, entre os quais o sr. Albumina era dos presentes, numa mansão em estilo neocolonial brasileiro, plantada com elegância entre jardins nas encostas do bairro Pacaembu, aconteceu um fenômeno aterrorizante. A casa repentinamente fora tomada por milhares de baratas que a atravessaram em alta velocidade, como se fosse uma enchente vermelha. As baratas vieram pelo chão e pelo ar, voando através das janelas e correndo pelos pisos de tábuas e mármore, desesperadas e dirigindo-se todas numa mesma direção, o rumo norte, como seguissem uma bússola interna. O pânico instalou-se entre o convidados que gritavam e escalavam cadeiras, mesas e escadarias. As baratas subiram pelas pernas das mulheres, enredaram-se pelas cortinas. E aquelas que não ficaram aprisionadas por qualquer razão naquele local, desapareceram como por encanto, nos próximos minutos, seguindo um destino aparentemente programado.

    O sr. Albumina ficara aturdido, como todos, e a recepção naufragou. Não haveria clima para mais nada. Instalou-se uma atmosfera pesada de velório e todos foram partindo desconcertados. A anfitriã, em histeria, guinchava que a culpa era do cemitério localizado do outro lado da avenida, muro frente a muro, apenas a língua de asfalto separando as áreas.

    "Não dá mais para agüentar, vamos mudar daqui o mais rápido possível, volta e meia e acontece isso, esse monte

de baratas invadindo tudo e indo para não sei onde. Me desculpem, me desculpem... é um horror", lamuriava-se a dona da casa aos prantos, evitando sentar em poltronas e sofás, com medo dos insetos que podiam ter permanecido na mansão. O sr. Albumina encaminhou-se ao portão e ficou observando à distância o muro do outro lado da avenida. Ainda dava para ver as torrentes de baratas saindo em fila das frestas trincadas da parede, como se fossem fitas de sangue, escorrendo para os bueiros e pelos meio-fios, sobre o asfalto da rua que parecia fritar contra a luz dos faróis ocasionais. Muitas voavam frenéticas, fazendo o barulho de ventiladores sinistros, à maneira das bombas voadoras alemãs da II Grande Guerra.

O sr. Albumina despediu-se e seguiu para seu hotel. Ficara enojado com o fenômeno, mas o que mais o chocara fora constatar visualmente de onde saíam os insetos e em que quantidades, até então impensáveis para ele. Lembrou-se dos fenômenos das pragas de gafanhotos no Egito e passou a ter pesadelos permanentes com arrastões repentinos de insetos vermelhos, imagens inconscientes que o deixavam sempre muito cansado e inseguro ao acordar no dia seguinte. Passara a pensar na morte, em enterros e em caixões. E daí via-se cercado de baratas, no escuro e começara a ter crises freqüentes de claustrofobia.

"Estou preocupado, é preciso fazer algo."

A terceira experiência já fazia parte dos métodos inventados pelo sr. Albumina. Ele saía de madrugada em diferentes estações do ano, anotando as temperaturas, e dirigia-se para os pontos demarcados por ele nas proximidades dos cemitérios, onde permanecia vigilante aos perigos dos assaltantes e aos sobrevôos das baratas. Constatou, com as dificuldades inerentes à escuridão, as ocorrências desses vôos em massa, em vários momentos, especialmente quando teve a sorte de noites mais claras, pela existência do luar pleno e da ausência de nuvens.

Utilizou-se também de lanternas especiais e pôde registrar o fenômeno, tentando calcular o número de insetos que se deslocavam nas madrugadas, mas nunca conseguiu chegar a números confiáveis. No entanto percebera que elas tinham direções específicas em determinadas épocas. Normalmente seguiam em revoadas na direção ao centro da cidade e ao mercado público; noutros dias tomavam a direção da cidade baixa onde estavam concentrados os supermercados modernos; nos períodos de colheitas tomavam a direção norte, onde se situavam os grandes silos e galpões de estoque.

Nessas noites de estatísticas, Albumina constatava que as baratas partiam voando, na pontaria das casas dos habitantes da metrópole, diminuindo-se consideravelmente o número de insetos em migração nos períodos de frio intenso ou de chuvas fortes.

Eram esses os números que ele anotava minuciosamente com sua caligrafia de burocrata em livros pautados e que estavam disponíveis a quem quisesse aprofundar-se no assunto.

Descobrira de onde partiam as baratas para as casas das pessoas, mas não tivera a coragem de investigar a sua origem dentro dos próprios cemitérios. Precisaria de autorizações especiais e para tanto necessitaria de outros apoios. Por esse motivo enviara as cartas às autoridades, às universidades, às sociedades científicas e até aos ambientalistas. Mas nunca obtivera qualquer resposta. Um silêncio de túmulos, por parte de todos.

"Estou preocupado, é preciso fazer algo."

Acontecera uma única exceção. Um ambientalista de renome de sua cidade certa feita o escutara com curiosidade e algum interesse, fizera várias perguntas e permanecera silencioso, observando-o e refletindo sobre os dados que Albumina expunha, prolixo, reforçando as afirmações com ansiosos gestos de mãos. Porém o cientista, que o incentivara a continuar as pesquisas, já estava bem idoso, com a sua saúde comprometida, e viria a falecer alguns meses depois desse encontro.

O sr. Albumina acompanharia o velório e o enterro do ambientalista, que expressara o seu desejo de ser enterrado no campo, sob algumas árvores num pequeno bosque, envolto apenas em tecidos brancos de algodão e sem caixão, diretamente em contato com a terra. Naquele dia e no exato momento desse seu funeral tão singular ocorrera uma tempestade impressionante de ventanias e chuvas horizontais, como se a natureza estivesse celebrando um rito de sacralização em meio a muita água, caudalosa, puríssima. Sem a menor possibilidade da presença de baratas.

      O sr. Albumina ficara encharcado como todos os presentes ao enterro, lembrara-se com ironia que uma das características da albumina era a de ser solúvel em água. Mas ele continuava ali, sólido, consistente e molhado até a alma. Aquilo lhe parecera extremamente coerente, permaneceria pensando sobre o assunto. No campo, jamais vira baratas, nas praias, longe das cidades, também não, apenas umas tais baratas d'água nas rochas junto ao mar, meio transparentes, sem cheiro, sem asas, que nem baratas de verdade pareciam ser.

AS CASAS SEM FLORES

As casas do mundo, organizadas e comandadas por mulheres, casadas ou não, ao lado de seus companheiros estáveis, com suas amigas, sozinhas por opção pessoal, ou de um outro, com ou sem filhos, com netos... Isso pouco importa. As casas com mulheres sempre têm flores, vasos de folhagens, trepadeiras, xaxins com avencas, plantas que ligam diretamente os seres dessas casas à natureza e à vida. Homens solitários, ao contrário, moram em casas sem flores.

Roberto estava solitário e fazia algum tempo.

Béco. Esse tinha sido seu apelido desde o tempo em que jogara futebol na praia e praticara um pouco de surf com um pranchão de madeira no qual ele próprio pintara, em azul turquesa, uns filetes estriados muito finos. Sempre tivera namoradas abusadas e notáveis ao seu lado, o que o fizera ser notado e suficientemente assediado para sentir-se intensamente feliz por um breve período de sua vida, sem muitos esforços.

As coisas se transformaram em seguida, depois que terminara a faculdade de Direito. Casara-se (cedo demais), separara-se (cedo demais), tornara a casar-se (cedo demais) e voltara a ficar só, mas aí já era tarde demais. Fora deixando lentamente de ser Béco, principalmente em suas jornadas cotidianas de trabalho, por causa dos outros e, pouco a pouco, durante seus casamentos, por sua própria culpa.

Resultara ser apenas Roberto, dr. Roberto ou dr. Sobil, o que lhe atribuía mais respeitabilidade, muita severidade, mais velhice, muita chatice e, por fim, como decorrência de tudo isso, uma solidão anunciada e insuportável.

Roberto tentara voltar a ser Béco, mas se atrapalhara, fora mal sucedido, sentiu-se ridículo numas roupas novas que comprara, o desconforto espiritual correspondendo com rigor à realidade física. Saiu-se muito mal também em tentativas com algumas moças, daquelas do tipo que sempre apreciara, esguias, mas com curvas e volumes delineados a compasso e que, aparentemente, gostaram dele no passado. Mas as moças, que não tinham passado, não eram mais as mesmas. Ele tampouco tornaria a ser o Béco de antes e percebeu de maneira dolorida que era invisível para elas. Aliás, por experiências recentes, tornara-se invisível a todas as mulheres do mundo. Aquela constatação o deixara acabrunhado.

Pensou nas mulheres que conhecia e que o rodeavam ou nem tanto: a mãe, suas tias, irmãs, sobrinhas, amigas já distanciadas de outros tempos, suas ex-companheiras. Pensou nas casas de todas elas, bem diferentes umas das outras, algumas luxuosas, umas extravagantes, outras com requintes de bom gosto, a maioria delas simples e despojadas, que se definiam como lugares agradáveis para se viver. Locais limpos e cheirosos. Com flores. Roberto deu-se conta então, em sua memória latente, que naqueles lugares tão diversificados entre si sempre existiam flores. Essa percepção tardia o deixou curioso e o intrigou ao mesmo tempo. Flores. Por que flores?

Não conseguia responder a si mesmo. Pensava numa certa inutilidade, algo de desperdício naqueles pedaços coloridos de plantas que logo murchariam, mas reconhecia a beleza e o ar de vida que aqueles enfeites vivos de natureza emprestavam aos ambientes. Seriam ainda vivos? Bom, tais questões não eram para ele, o que importava era lembrar-se que as flores estavam lá, nas casas de todas elas, e pareciam fazer sentido estarem por lá. Seriam os que alguns chamavam de *"naturezas mortas"*? Não, Roberto jamais saberia dar resposta àquela questão, ele era um advogado.

Por que um homem sairia e compraria umas rosas amarelas ou uns lírios perfumados para colocar em vasos de sua própria casa? Imaginava-o comprando embalagens de cerveja em lata, ferramentas ou sacos de carvão, não flores. Não conseguia imaginar a cena, mas se fosse uma mulher, sim, isso lhe parecia mais natural. Será que ele era um preconceituoso de tal ordem que já nem se percebia? A lembrança de um sujeito num supermercado escolhendo uma garrafa de vinho pareceu-lhe, no entanto, óbvia e sem imaginação. Uma convenção, como uma notícia comum no jornal, dessas que ele lia e relia dia após dia.

Béco era beco e isso era um impasse.

Roberto resolvera escrever algumas cartas, com a linguagem algo retórica dos advogados, e as enviara a vários lugares e a pessoas reconhecidas, levantando essa questão da ausência de flores nas casas dos homens solitários. Escrevera para alguns jornais, revistas semanais de assuntos cotidianos, seções de cartas de leitores, rádios. Não recebera nenhuma resposta convincente de ninguém, aliás, não recebera a rigor, por escrito, absolutamente nenhuma resposta, além de um suspeitíssimo impresso apócrifo com recomendações sobre prevenção do HIV, o que o fez ficar um tanto confuso e reacendeu suas percepções de preconceito generalizado.

 Escutou, por acaso numa certa manhã, um programa de rádio que abordava de maneira bastante superficial o hábito feminino de manter flores em casa, que imaginava pudesse ter sido pautado pela sua causa sobre as deformadas casas masculinas sem flores, assunto específico no qual, infelizmente, não se tocou. Lembrou-se que enviara uma de suas cartas àquela emissora. A abordagem foi lastimável, o nível de condução das perguntas baixíssimo, as respostas ainda piores, a linguagem infantil e as conclusões lancinantes de sempre sobre a delicadeza e a intuição femininas, uma bobagem constrangedora e uma perda do tempo precioso de todos, que o fez refletir sobre a irresponsabilidade coletiva de frivolidade em que os meios de comunicação mergulharam, parecendo ter obrigação legal de praticar somente isso todos os dias.

 Roberto passara a se interessar pelas flores.

Acostumara-se a buscar periodicamente rosas, lírios e gérberas, quando as encontrava bonitas e frescas, e as levava para casa. Tinha caminhos que passavam necessariamente por uma ou duas floriculturas, além de um entreposto aberto de flores, sem banca nem toldo, que ficava dentro de um mercado público, no bairro em que morava. Naqueles lugares, abastecia-se de suas flores e encontrava outras mulheres, muitas mulheres escolhendo suas próprias flores. Nos fins de tarde, às vezes via alguns rapazes, muito tensos e apressados, comprando arranjos caros para suas namoradas.

Ele buscava apenas as flores, não os arranjos espalhafatosos. Em buquês simples, com meia dúzia de rosas; quatro ou cinco lírios, com alguma folhagem, isso lhe parecia suficiente para os vasos de sua casa: um na sala, outro no escritório, onde estava o seu computador, e um terceiro, no seu quarto de dormir.

Roberto continuava solitário, porém estava agora resignado, permanecendo mais calmo. Trabalhava normalmente em seu escritório de advocacia no bairro chique e procurava descobrir algo mais sobre plantas, e em especial sobre as flores, em livretos e em enciclopédias que passara a consultar, lendo sobre esses assuntos em suas horas de lazer. Sua casa ficara mais enfeitada, ele comprara vasos novos de vidro, italianos, além de dois espelhos que pendurou estrategicamente de forma a duplicar a visão das flores. Judiciosamente, trocava a água de suas plantas e as próprias flores periodicamente, cogitando até cultivar um pequeno canteiro de rosas vermelhas num canto ensolarado de sua sacada.

Foi num mês de primavera que aconteceu o assalto na floricultura.

Roberto estava em sua floricultura preferida, justamente naquela hora ociosa de início da tarde, na companhia de apenas uma outra cliente que era atendida pela proprietária, dona Seiko, e pela sua ajudante, a pequena adolescente nissei, Tomie, que fazia os arranjos da loja com tanto capricho que mais pareciam *ikebanas*, quando os dois rapazes entraram bruscamente, apontando suas armas. Uma cena dramática.

A situação tornara-se tensa de imediato, devido ao nervosismo e à agressividade dos assaltantes que estavam, evidentemente, sob efeito de alguma substância, e porque dona Seiko, quase ao mesmo tempo, começara a chorar com desespero e estridência.

Curiosamente, estavam três homens e três mulheres dentro da floricultura, nem todos clientes, mas Roberto não lembrava de uma tal paridade anteriormente. As motivações, no entanto, seriam outras.

"*É um assalto! Todo mundo parado, mão pra frente, em cima do balcão onde a gente possa vê! O doutô aí...não olha pra gente, olha pro chão... se não leva um teco!*", gritou um dos bandidos, sacudindo para todos lados um revólver 38 negro, engatilhado. A situação era péssima e piorou em seguida.

Reconhecera um dos assaltantes e fora reconhecido também, o que tornara as coisas insustentáveis. Naquele momento, a iminência de uma tragédia configurou-se por completo. Sentiu pelo olhar do rapaz a sua urgência em desferir-lhe o balaço fatal. Isso tinha se instalado em sua cabeça como idéia fixa, pela sua expressão estatelada de pavor. O rapaz, que usava um revólver 38 niquelado, muito desgastado, ainda conseguira se controlar.

Era Maicon, o sobrinho da lavadeira de sua mãe, dessas trabalhadoras antigas que lavam trouxas de roupa para fora, todas as semanas.

O adolescente Maicon Donizete da Silva, alguns anos antes desse dia de péssima lembrança, ainda sem a idade da responsabilização criminal, estivera envolvido numa questão de roubo de toca-fitas, com arrombamento de automóveis, fora denunciado e preso. A pedido de sua mãe e apesar de não ser sua especialidade, o advogado Roberto estivera na delegacia do bairro e, com conversa mole, paciência e algum dinheiro, conseguira livrar o menino. Levara-o de volta para a casa da tia, em seu carro, fazendo um estéril e deslocado discurso sobre comportamento ético e social, que o menino delinqüente escutara em silêncio, sem olhar para ele e sem agradecer pela libertação. Aquele fato de um passado quase recente poderia ajudá-lo ou prejudicá-lo, era esperar para ver o que aconteceria.

Era sua história passando em frente ao seu nariz como se fosse um filme em câmera acelerada.

Maicon não tirava os olhos dele, apontando fixamente a arma embalada, a sua sentença sustentada num dedo trêmulo. O outro assaltante, que não percebera o reconhecimento mútuo dos dois, falava sem parar, comandando: *"... vai passando o dinheiro e o tudo, e rápido por causa que nóis precisa... já vamô embora, e vocês não segue a gente senão matemo todo mundo..."*. Roberto escutou aquele doloroso *"por causa que"* e lembrou-se de uma entrevista que assistira na TV, na noite anterior, com um Secretário de Estado do Governo, que usara o mesmo cacoete de linguagem do bandido, coisas em comum provenientes de uma mesma carência.

Os assaltantes levaram pouco dinheiro porque a floricultura não o tinha em espécie, um pouco para troco, os clientes também não tinham lá muita coisa. Levaram um relógio dele de *griffe*, falsificado, que nada valia, e um da outra cliente, esse verdadeiro, caro, de ouro, mas que, certamente, pouco haveria de render a esses bandidos pouco habilitados, que fugiram a pé. Não roubaram nem o celular sofisticado da madame, pois ela o jogara dentro de um vaso de cerâmica cheio de papéis de embrulho e, felizmente, o aparelho não tocara durante o assalto, o que fora uma sorte grande para todos, que saíram ilesos daquela aventura desequilibrada. Surpreendentemente, Maicon levara consigo uma orquídea branca, frágil e complicada de transportar para quem já carregava uma pesada arma niquelada, bem difícil de ocultar no meio das roupas escuras e demasiadamente largas.

Roberto ficara pensando: por que esses caras escolheram uma floricultura para um assalto desses, tão desastrado, pouco rentável e com alto risco? E o sobrinho da lavadeira, esse tal de Maicon, que de pronto estava identificado como um dos assaltantes? E por que esse assaltante *pé-de-chinelo* ainda saíra, encantado, levando uma orquídea branca nas mãos? Para quem seria? Para sua namorada, para sua mãe ou ele a levaria para sua própria casa, para ficar admirando a sua delicadeza no meio de outros objetos roubados? Aquilo tinha sido uma loucura completa, ainda por cima com o medo transbordante que tivera de levar um tiro durante o transcorrer lento daquele episódio maluco, num dos locais que mais gostava, a sua floricultura preferida.

O que se seguiu foi difícil e convencional. Dona Seiko chorou muito e teve problemas de pressão, tendo que ser medicada com urgência dentro de sua loja. A polícia, avisada por um telefonema, chegara em seguida com estardalhaço e estacionara diversas viaturas em diagonais cruzadas na rua, o que tumultuou bastante o trânsito naquele local e nas suas imediações. O dr. Roberto Sobil dirigiu-se à delegacia mais próxima e fez as declarações dos fatos e dos valores do assalto para um boletim de ocorrência de rotina. Ele não indicou o reconhecimento de Maicon, nem fez menção à orquídea branca.

Roberto achava que o risco fora demasiado, que tivera sorte, que escapara por acaso de um tiro e de uma morte miserável naquela tarde.

No final do mesmo dia em que ainda continuava intrigado com a investida dos assaltantes contra a floricultura, voltara a ver ao longe, de dentro de seu carro, protegido pela transparência dos vidros, os dois assaltantes conversando tranqüilamente, sentados num banco do parque público da cidade. Entre os dois, sobre o banco, conseguira até distinguir a orquídea branca. Que diabos Maicon fazia com aquela flor exótica, passeando com ela por aí como se fosse um chamariz, um farol de alerta, uma bandeira desfraldada? Para quem ou para onde ele levava aquela flor?

  Retornou para sua casa, como um sonâmbulo, para tentar esquecer a intensidade das sensações desagradáveis daquele dia, uma vez que os fatos já tinham se tatuado em sua memória e teria que conviver com eles em seus futuros pesadelos.

CARTA DO ENFORCADO

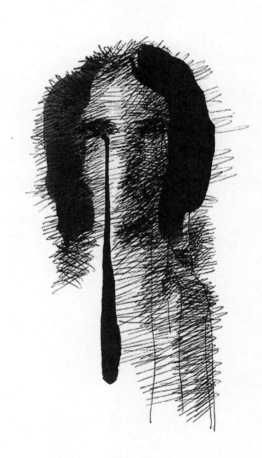

A moça, cética, entrou com cautela no ambiente previsível. O perfume espesso dos incensos consumidos acumulava-se sobre o cenário ardilosamente composto. Os tecidos tramados e minuciosamente bordados em tons de vermelhos, de roxos, rosas e violetas, sobrepostos, entonados e jogados decorativamente uns sobre os outros, cobriam uma parte das almofadas que se espalhavam pelo chão com um ar de esmerado descuido. Construíam ali uma atmosfera que não a surpreendia, mas que dava àquele cubículo desconhecido, atulhado de referências, uma aparência de simpática e vulgar familiaridade.

Ela antecipara que seria algo assim. Uma floresta fechada de panos em cores quentes e de espelhos. Vertigem de mandalas de artesanato e estatuetas douradas de dançarinas tailandesas em metais latonados. Um espaço "mole" e sem as referências das perspectivas, uma ausência de profundidades.

"Um ambiente de sonho", a moça pensou e juntou uma frase veloz *"... só falta essa mulher usar um bindi na testa..."* Tentou pensar nas telas de Matisse, as dos tecidos marroquinos, mas não viu o sopro do fantasma de sua lembrança. *"Não, ela não sabe quem é Matisse..."*

Esperou, pensando na bobagem que era estar ali.

Ela, amadurecida pelas dificuldades, com três filhos, uma executiva que tomava decisões tão difíceis todos os dias, sentada naquele ambiente avermelhado, de circo, habitat artificial de uma cartomante chamada Lilith. Algo inacreditável, não poderia contar aquilo a ninguém, porque aquele gesto a desmereceria, nem a curiosidade que lhe restara pouca a justificaria naquela decisão tão deslocada. *"Que besteira, que perda de tempo... o que estou fazendo aqui...? Uma cartomante? Me sinto uma boba, é fora da minha realidade... acho que vou embora, não sei o que me deu... que faço aqui?... eu, que lutei tanto para ter uma consciência concreta e contida, para vencer essas superstições todas, os preconceitos tolos, para conseguir até nem acreditar mais na idéia de Deus... ahh... que ridículo é tudo isso..."*

De fato, a sua beleza peculiar, o seu perfume caro e as roupas elegantes de discrição impecável intensificavam um contraste com o ambiente ao redor, fazendo com que as aparências se tornassem ainda menos especulares, que tudo ficasse ainda mais deslocado. Como se fossem dois tempos diferentes a acontecer, distintos, desfocados e mal-editados, como se houvesse ocorrido um acidente grave de sincronia e existissem dois presentes autônomos ocorrendo num mesmo lugar, mas ligeiramente descompassados e que tudo ali assumisse um aspecto ainda mais teatral, um tanto caricato, de palco e platéia onde as realidades se apresentassem deslocadas em fuso. O filme dentro do filme, outro presente dentro do presente, um sonho dentro do sonho.

Mas qual presente era o real, o tangível,

o concreto? Ela não poderia estar enganada.

Permaneceu ali, sentindo o aroma incrustado do incenso que, apesar de tudo, não a desagradava. Pensava agora na amiga que a convencera a ir até aquele lugar, no seu entusiasmo contaminante, nas suas expressões enfáticas, imagine só, consultar uma cartomante? Ela que abolira as ênfases da sua vida (a não ser quando brigava, quando se mostrava a felina feroz e a mediterrânea temperamental que todos temiam, mas aquilo apontava a sua natureza, o seu instinto, a sua sobrevivência)...

"*As duas... devemos estar bem piradas mesmo; ela, eu sei que sempre foi meio louquinha, meio frívola, supercuriosa, acredita nessas coisas idiotas e fica toda excitada, mas até que dessa vez ela fora bem convincente... afinal, conseguira, eu estou aqui, montada em meu ceticismo sobre todas essas coisas... mas será que valerá a pena? ... ou será o embuste de sempre?... Bom, espero...*"

Escutou a melodia, som bem baixinho e resmungou "*...mais essa agora... essa música enjoativa, trilha sonora de grelha de crematório, odeio...*", mas ainda permanecia quase distraída, quase desistindo, quase relaxada. Foi quando a moça entrou, de maneira quase imperceptível, deslizando suavemente como aquele fundo musical que invadira os escassos espaços vazios daquela salinha de luzes cambiantes. Ali ainda havia lugar para aquela figura curiosa, a cartomante Lilith, como estava anunciado no panfleto impresso numa só cor, um preto simples sobre um papel bem mais simples.

Recebera o papelzinho das mãos de sua amiga Verena, uma espécie de filipeta ou santinho, informando que Lilith lia as cartas e o Tarô (o famoso *Tarot de Marseille*), que era especialista em casos amorosos, e tinha um número de telefone para marcar a consulta.

O endereço certo ela descobrira quando ligara para o número impresso, mas a sua amiga já tinha lhe passado as principais coordenadas e ela sabia que o local era habitável e salubre, num conjunto comercial razoavelmente bem situado perto de uma das principais avenidas da cidade.

Lilith era uma moça ainda bonita, pequena, um tanto pesada da cintura para baixo, envolvida em panos coloridos e bordados que a mimetizavam com seu próprio cenário, cabelos castanhos ondulados, uma voz aliciante e rouca, olhos negros profundos e um bindi, uma minúscula esmeralda rutilante, entre eles.

"Previsível", pensou Catarina, o rosto impenetrável e frio, mas sorrindo para dentro como se fosse um risco em linha, grafismo esgrimido no ar ao estilo de Picasso.

"Catarina", respondeu, sem emoção, quando a cartomante perguntou seu nome. E ficou calada, fitando com a intensidade de seus olhos negros o rosto, os olhos e os movimentos da outra. Pensou *"... feiticeira?... mágica?... uma sensitiva ou uma atriz?"*

Isso agora não mais importava, serviria como uma experiência a mais, nem era caro e, quem sabe, poderia ser divertido e até criativo, incentivar umas idéias novas, porque qualquer relação com a realidade era impossível e falar em ciência ou filosofia, seria blasfêmia.

Mas a moça era hábil e sabia representar bem, conversando com Catarina sobre amores e filhos, com sua voz rascante. Criara uma atmosfera interessante enquanto manipulava as grandes lâminas de um antigo tarô francês, manuseado mas ainda em bom estado de conservação, datado de meados do século XX.

Lilith embaralhou sem pressa várias vezes o conjunto, foi erguendo e virando uma carta após a outra e como não poderia deixar de acontecer, estava agora falando sobre situações comuns. Não era difícil fazer aquelas previsões, as vidas das pessoas têm rotinas estabelecidas e semelhanças, as preocupações com a sobrevivência são iguais para todos e os filhos de todo mundo, adolescentes ou não, possuem as mesmas ansiedades, solicitações similares e o mesmo comportamento de tribo ou de rebanho, apesar de pavonearem independências e particularidades.

Catarina pensava *"... assim não é tão complicado, basta ter um pouco de memória, comportamentos condicionados levam a comportamentos padrão em sociedade; TV e observação podem criar bons videntes".* Isso parecia explicar a ela também a argúcia sobrenatural e oportunista de certos psicanalistas. Mas esse já era um outro caso, bem mais oneroso.

Catarina não acreditava na seriedade científica desses psicanalistas e estava ali, sentada defronte a uma cartomante. Era possível? Ouvindo sobre seu passado em linguajar estudadamente ambíguo e uma ou outra previsão, tão inócuas quanto prováveis de acontecer.

Para ela, a sensação de felicidade plena estava lastreada nas experiências vividas que tinham dado certo e na expectativa de que algo parecido tornasse a acontecer. A cartomante parecia pensar de maneira semelhante sobre tal assunto. Estava sendo engraçado e ela estava começando a se divertir com aquele teatro.

Subitamente, algo aconteceu. A moça abriu e pousou uma carta sobre o pano oriental e foi como se uma neblina espessa tirasse tudo de foco naquela sala. Não se disse palavra. As cores e os tecidos ficaram nublados, os olhos tornaram-se opacos, a esmeralda na testa franzida enegreceu. O rosto da cartomante acinzentou-se em tons de oliva, a voz rouca quase sumiu na boca que se torcera num esgar atônito e arsênico, constrangida por um amadorismo autoflagrado, enquanto ela suspirava, balbuciava insegura e buscava inutilmente recuperar a compostura. Mas a atmosfera mudara, aquela carta continha uma mensagem que não se poderia evitar.

Catarina começou a passar mal, esfriou por dentro, sentiu um afrouxamento no coração e um início de transtorno com a taquicardia que se prenunciava. Alerta, pensou nos seus comprimidos, se estavam à mão, se os localizaria com rapidez na bolsa, caso fosse necessário. Começara a suar frio, com a sensação do desconforto nauseante que subia das suas extremidades, agora geladas.

Pensou no pai, pensou nos filhos com angústia,

pensou no ex-companheiro com pavor crescente, achou que iria fraquejar e cair desfalecida sobre a mesa coberta de cartas e de tecidos orientais. Perguntou-se, em agonia, enquanto reprimia a sensação de desamparo, *"...o que estou fazendo aqui?..."*, e fixava, de maneira assustada, a carta diante de seus olhos. A cartomante, que nada falara até aquele momento, também parecia transtornada e bastante ansiosa.

"A carta do enforcado...", começou a interpretar a cartomante, com uma voz pouco segura.

"Merda, isso é mau agouro, é azar...", pensou Catarina, sem prestar atenção ao que Lilith dizia, naquela cantilena cheia de atenuantes, que não mais lhe interessava. Estava com uma crescente sensação de deslocamento, olhando fixamente aquela maldita carta, daquele maldito baralho francês, sinistro e colorido, com tantas histórias medonhas, não faladas mas tampouco esquecidas, que ela sentia rondar, com intensidade, aquela porcaria de carta, da qual não conseguia afastar os olhos.

"Preciso sair daqui, isso é um pesadelo, um pesadelo... o que é que me passou pela cabeça quando pensei em vir aqui, o que esperava quando escutei as bobagens sem sentido da Verena sobre essa cartomante e suas malditas cartas...", ia pensando Catarina, enquanto, nervosa, pagava a consulta à cartomante Lilith que, agora recuperada, apenas a olhava tristemente, em silêncio.

"Carta do enforcado... de um desgraçado baralho de Marselha... porque não pensei nisso...nem poderia pensar, não

sabia de nada a esse respeito, droga, estou nervosa, bati o carro...", murmurava Catarina com ostensivo mau-humor, enquanto manobrava o carro prateado para sair rapidamente do estacionamento e dava, inadvertidamente, uma raspada de leve na coluna mal colocada no espaço exíguo do conjunto comercial. *"Mais uma cicatriz... de todas essas lembranças ruins que se acumulam na vida da gente, só me faltava essa... a Verena me paga, vou ligar para ela e enchê-la de desaforos..."*

Catarina seguiu vagarosamente de retorno à sua casa pela grande avenida, mergulhada num paralisante engarrafamento. Desistira de todos os seus possíveis compromissos do final da tarde, devido ao seu mal-estar. Não estava bem e sofria toda sorte de angústias, com aflições e paranóia. Pensava naquela coincidência sobre Marselha, na qual não reparara no princípio, mas que naquele trânsito infernal martelava em sua cabeça, literalmente em seu coração, e quase voltou a bater o carro, distraída pelos pensamentos, num semáforo estanque, no final da avenida. Estacionou na padaria de hábito, no meio do caminho, desceu e pediu um chá, que tomou em pé no balcão, engolindo um de seus comprimidos de emergência. Sentia as palpitações descontroladas e continuava com as sensações dos maus presságios. Comprou a quantidade cotidiana de pães e seguiu para casa. Pensava agora nos filhos e no ex-companheiro, que morava há 3 anos no exterior, justamente na cidade de Marselha.

Guardou o carro na garagem, recolheu a bolsa e os

pães, girou em tornou do automóvel, observando os estragos, que eram pequenos *"...nossa, como este carro, tão novo, já está cheio de pequenos riscos e arranhões! Quem faz essas coisas, quando será que acontecem...?"*

Dirigiu-se à caixa do correio com temor e sofrimento acumulado. Ali estava a carta, no fundo da caixa de metal. Parecia uma instalação de arte conceitual: um envelope branco encerrado numa caixa retangular de metal cinza fosco.

Um envelope médio, com dois selos coloridos mostrando um avião e os outros dois, com a figura que ela não gostava, um em azul e outro em lilás, repetida a escaveirada efígie frontal da Marianne, a representação gráfica e postal da República Francesa. Olhou tristemente o timbre com a data e a origem da postagem. Foi para a cozinha, buscou a tesoura e abriu o envelope.

Marselha (lugar para se viver desesperadamente em tristezas e injustiças) - 25 de dezembro

A história acabou, foi boa enquanto durou. Lutei para voltar com você ao longo de 5 anos, lutei para sobreviver com arte nesses anos, com dignidade.

Essa é a minha última carta, inútil e estéril porque estará condenada desde sempre a não ter resposta, assim como as anteriores, a mim que já não estarei mais aqui e que tanto esperei, ao longo desses anos tristes, uma carta reparadora, talvez curta, mas com as palavras certas e aguardadas, da pes-

soa adorada e reverenciada em gestos, em textos (poucos), em desenhos e pinturas (a totalidade) e que essa mensagem, coerente em sua essência, recolocasse, ao final, as coisas em seus devidos lugares, resgatando as esperanças e reinventando a idéia da felicidade, que já fora um dia vivida com tanta intensidade, baseada num conceito de amor instintivo, leal e construtivo.

Foi ingenuidade e perda de tempo, pois a carta tão esperada nunca chegou. Para mim, um final infeliz, solitário e silencioso. E tudo poderia ter sido bem simples e maravilhosamente luminoso. Bastava uma palavra e um chamamento, um carinho e uma sensibilidade mais atenta.

Lutei pelo que acreditei e perdi, esplêndida e completamente. Ocorreu um erro brutal e hoje já irreparável, a separação, trágica, abrupta e inexplicável, que tanto nos infelicitou (e a mim continuou a infelicitar para sempre, como uma maldição perpétua).

A tempestade chegou, inesperada, com suas tragédias épicas e nunca mais permitiu a serenidade - perenizou-se em seus transtornos, desconfortos e em fealdade. Para você, poderá até ter sido aceitável, pois sua vida melhorou, aparentemente, mas ainda assim não creio, porque estou convicto de que, juntos, teríamos sido mais felizes que sós, criaríamos com menos sobressaltos os nossos filhos, porquanto as nossas vidas teriam sido mais estáveis e produtivas, criativas. Um conjunto de intensidades e de sonhos; e saberíamos ser, talvez, mais felizes que outros, porque possuíamos nossos próprios segredos, construídos na delicadeza de nossas curiosidades.

Está sendo horrível constatar isso porque poderia ter sido bem diferente, se tivesse conquistado os extraordinários sonhos de forma concreta e duradoura, mas não foi possível, uma vez que as circunstâncias não o permitiram. Agora nada mais existe, ficou apenas na minha memória de desejos e, conseqüentemente, será de existência breve.

Por outro lado, fui honesto com meus sentimentos, com minhas ações e métodos. Fui sincero e leal com as pessoas e teria agido sempre da mesma maneira. Portanto, as coisas teriam resultado no final idêntico ao de agora.

Não posso lamentar - todas essas escolhas foram minhas e eu delas estive convicto, mesmo que uma delas tenha sido o erro fatal de vir morar neste túmulo distante (conservador, feudal, plutocrata e preconceituoso) da cultura (ou seria da descultura - que indicaria a destruição da cultura e da arte como um fim deliberadamente almejado?), que resulta do comportamento do povo de uma província mesquinha, essa desditada, e, que seja para sempre amaldiçoada, cidade de Marselha.

Sair dessa vida infeliz e sem perspectivas é mais uma escolha minha. Não farei falta a ninguém; fizesse e alguém ter-se-ia manifestado a tempo e agido de outra forma, mais rápida e solidária, ao revés do silêncio glacial, do descaso e do esquecimento.

Tentei imaginar o possível para reverter uma situação tão desfavorável, procurei inventar e fazer, sem molestar ou prejudicar ninguém. Procurei realizar com intensidade, com profissionalismo, com decência, com retidão, às claras, com projetos, idéias, proposições, com ações (até desmesuradas) em esforços quase heróicos porque me exigi ao máximo, em vezes além do que me sentia capaz.

As pressões, as mentiras e as acusações que doeram algo naquela noite já distante mas não esquecida, paradoxalmente, hoje dóem bastante mais, de forma crescente, pela injustiça e pela impertinência de que se revestiram nessa memória infame, porque já não doem na superfície da pele ou dos ossos, e sim noutros círculos, bem mais profundos, o dos sentimentos humilhados, o das ações fraturadas e o das reflexões esfaceladas.

Saio dessa vida (que me foi desmerecida, ingrata, injusta e desigual) com o orgulho de quem nunca tirou nada de ninguém ou de qualquer instituição, que não cometeu crimes reais, morais e éticos. Como quem procurou sinceramente ajudar os outros e em especial, aos artistas. Saio altivo, sabendo que muito me foi tirado e que pouquíssimo ou nenhum reconhecimento me foi atribuído pelos esforços realizados e conquistas alcançadas.

Consciente de que, em alguns casos, conseguiu-se efetivamente fazer algo grandioso, mesmo que o silêncio e a ingratidão tenham sido as contrapartidas recebidas na totalidade dos casos. Quase nunca resultaram bons e generosos, os que foram, de fato, bastante beneficiados.

Não há ressentimentos, o que existe é a constatação de que foi assim porque não seria diferente e que todas essas pessoas, como as outras, não agiram de maneira diversa, não porque não soubessem *fazê-lo, apenas porque isso não lhes teria sido útil, rentável ou conveniente.*

Será melhor compreender (os que aqui ficam) que, num universo treinado para se ser apenas hedonista, individualista e bem provisionado, é isso o que vale e o que será reconhecido como um valor concreto, não uma boa intenção; quem melhor aproveitar será o eleito.

Os mais hábeis, portanto, os mais bem aceitos, buscarão tirar as vantagens possíveis e amealhar predatoriamente todos os benefícios (em detrimento dos idealistas, dos incautos ou dos ingênuos) e será dessa maneira, esperta e sagaz, à qual se exigirá como comportamentos, a resignação e a cumplicidade do silêncio. Um ou outro que transitem fora desse padrão, com idéias diferentes, não passarão de estorvo e deverão ser necessariamente eliminados ou afastados, por sangria econômica e por esquecimento induzido. Não há mérito, vale mais apenas aquele que melhor negocia.

Vivi minha vida e dela nada restou. Só um escombro de empoeiradas caliças cercado de obras de arte e de livros. Um espantoso fracasso finamente intelectualizado, soçobrado entre tantos sucessos dourados, enrijecidos por ruidosas ignorâncias (mas todas essas lastreadas e polidas em assombroso volume de dinheiro, que é o que realmente importa no final da história dos desejos mais secretos das pessoas e nos relacionamentos aparentemente estáveis - só o dinheiro é o que conta, no final - para as crianças, para os adolescentes e, principalmente, para os adultos - essa é a verdadeira cultura que acaba vingando no final).

Uns desenhos e umas pinturas que ninguém mais quer. As soluções estavam ali nas paredes: uma quantidade de trabalhos amadurecidos e sofridos, solidamente elaborados, que não foram reconhecidos e valorizados adequadamente e uns poucos de outros artistas, escolhidos e adoráveis, esses tão extraordinariamente valiosos para mim em sua memória afetiva e que nada valem para quem quer que seja (até porque, de minhas paredes nunca saíram e tampouco serão oferecidos a ninguém, portanto, sem serem vistos, sequer existem).

O trabalho árduo e experiente (percebi dolorosamente numa certa etapa de minha vida), feito com profissionalismo e cuidados esmerados, esse também pouco ou nada vale, pois é desmerecido brutalmente, na sua delicada precisão e envilecido na qualidade, desonrado maliciosamente na versão que objetiva apenas o afastamento físico e a economia imediata. Se não existe o mérito, fica um sofrimento intenso que se prolonga e se adensa.

Acabaram-se os sonhos de engendrar as façanhas grandiosas e heróicas, acabou-se o ciclo das viagens, não há mais dinheiro para nada, nem vontade para se fazer qualquer coisa, de ter idéias que aparentem ser fabulosas, mas que sabem ao sublime e ao inalcançável toque da divindade cultural; que parecem ser sofisticadas demais à frivolidade de quem gravita veloz e superficialmente em torno de coisas banais.

Essas outras idéias, que são as ditas normais, as mais comuns, carregadas de tanta simplicidade até comovente, de redundância açucarada, as que todos aceitam com o encanta-

mento do previsível, que nelas se reconhecem de imediato e que tornam todos capazes de serem classificados como gênios singulares (ah, como tudo passou a ser tão fácil). Aí não estou, porque estendi a sombra em outro sonho e sobre outras ambições.

O sonho acabou e as ambições não existem mais. A vida vale muito e deve ser honrada com inteligência, com a busca da cultura e da beleza suprema da arte, sem concessões. Saio dessa vida, sem Deus (idéia estéril, demencial e vingativa; devastador, cruel e mortífero câncer do intelecto; invenção maliciosa, oportunista, trágica e maligna de pessoas mal-intencionadas, deliberadamente decididas a tirar proveito de poder sobre a credulidadee o terror de outros), ausência que se prova pela dimensão da injustiça e pelo volume de infelicidade que nos rodeia, nos desencontros do afeto e na crueldade das doenças, nas carências, na omissão da solidariedade cultural; e, principalmente, na solidão resultante contra cada um dos indivíduos.

Como se pode justificar ou aceitar a solidão? Essa é a síntese de nossa submissão e de nossa condenação à infelicidade intensa - a solidão a que todos estamos destinados, uns pelos outros - apesar de pensarmos, e da originalidade que podemos produzir em arte.

A solidão, imposta à nossa revelia pelas circunstâncias da vida, é a prova irremediável da ausência da divindade.

"Autorização para suicidar somente é concedida ao que é perfeitamente feliz" - Paul Valéry.

O elegante aforismo do filósofo aponta sem amargura a decisão que é a questão fundamental da liberdade – por que ficar e conviver com o que não se concorda, por que aceitar a feiúra das atitudes e das conspirações, sem ética e sem honradez, se o mundo imaginado é bem melhor do que o que existe na realidade? Nada devo a ninguém, os outros me devem, sou credor de apoios e de afetos, de gestos criativos e de idéias produtivas, de belezas protegidas e inventadas. Não sou melhor do que alguém e não mereço viver pior do que ninguém. Não me permitirei a vulgarização dos conceitos existenciais e a renúncia da idéia da beleza, em razão da pieguice, da banalização, da corrupção, da ignorância, como formas de desintensificar a arte e a vida.
Já estou fora. Meu beijo e minha despedida suave.
B.

Catarina terminou de ler e permaneceu sentada, observando um horizonte imaginário, sem a linha do limite, sobre os azulejos imaculadamente brancos, à sua frente. A leveza estampada em seu corpo esguio parecia-lhe esconder a massa gigantesca de um volume ancestral em mármore ou bronze. Sentia-se pesada e cumulada de culpas. Duas lágrimas, uma de cada olho, tinham-lhe descido com solenidade, quase ao mesmo tempo, pelas faces sem rugas, enquanto lia o texto.

Estava ali, imóvel, em silêncio e, como sempre, só.

Não responderia àquela carta, como não respondera a nenhuma das anteriores. Rasgou as folhas e o enve-

lope em pedaços grandes e enfiou-os na lixeira da cozinha, entre os restos, cascas e sementes de frutas e legumes.
    Aguardaria com resignação a próxima carta.

O VULTO DA T-SHIRT LARANJA

Ana Helena estava parada ao lado do carro, em frente à praia, pelo lado da orla. A brisa marítima era intermitente e fria, roçando-lhe as pernas e aguçando os sentidos. A saia curta esvoaçava loucamente entre suas coxas e ela se divertia com aquilo, enquanto olhava para o mar e terminava o seu sorvete. Fazia um calor intenso, amenizado pelo vento do mar, mas ela percebia o perigo do sol como um maçarico sobre seus ombros, dourados e brilhantes de suor. A cabeleira cheia, dançarina, completava a coreografia da saia florida. Ainda se estava fora de temporada de verão e a praia permanecia deserta.

Era engraçado morar num lugar tão lindo e tão frágil como aquele, que só tinha vida efervescente e desesperada durante uns três meses por ano, contando-se em fieira os feriados emendados. Ali não havia futuro para ninguém, um lugar onde se vivia com o que se comia, daí o sucesso de tempo finito para os restaurantes de peixes e mariscos. Um local de férias paralisante, terminal, para se morrer aos poucos, de tédio. Os barões do balneário - e da política local, cheia de pequenas negociatas que todos ficavam sabendo, cedo ou tarde, porque resultavam visíveis, tridimensionais - eram os donos dos empórios de materiais de construção e os das próprias construtoras.

Essas mesmas que iam arrasando paulatinamente as belezas naturais da praia, em nome de um progresso impossível e derrisório.

Ana Helena nem pensava nisso, apenas sentia o frescor agradável da brisa em contraste com o calor extasiante do sol chapado como uma frigideira, enchendo os pulmões com o ar limpo, saboroso de maresia.

Distraída com o mar e a brisa agradável, não percebeu o vulto com a *t-shirt* laranja que se aproximara sorrateiramente pelo eixo de suas costas, antes que fosse demasiado tarde.

"Merda... que azar...", pensou enquanto tentava entrar com rapidez no automóvel, nervosa, procurando acertar a chave e dar a partida no carro, para fugir. Não deu certo, o sujeito entrou pela outra porta, quase ao mesmo tempo que ela e disse-lhe:

"*Vamos lá para o bosque da lagoa.*"

"*Não, não vou!*"

"*Vai, sim, vamos agora, sai com o carro! Sai, sai...*". O rapaz mostrou-lhe a arma e tocou-lhe brutalmente com o cano nos seios. "*Vai rápido, você vai me dar tudo!*"

Ana Helena sentiu um gelado correr por dentro, uma solidão de abandono a invadi-la, apesar do calor do dia e do sol escaldante.

Saiu com o carro e foi contornando a avenida deserta à beira-mar, devagar, buscando ganhar tempo e vendo se encontrava algum conhecido para pedir socorro, mas o horário de sol pleno era desfavorável a ela e o rapaz ia indicando com firmeza os caminhos para os desvios mais ermos do balneário, afastando-se da praia, desse jeito logo estariam na parte rural da cidadezinha. Os que os viram passar ao longe não desconfiaram de nada.

"*Me deixa sair, fica com o carro...*"

"*Vai dirigindo, não fala nada, vai pra lá, do lado daquela árvore...*", falava o vulto da t-shirt laranja, enquanto apertava a pistola contra o corpo de Ana Helena, aumentando-lhe o medo.

"*Pára com isso, me deixa em paz...*"

"*Fica quieta, você vai fazer tudo o que eu quiser, não fala, não grita, vou te comer todinha, tira a calcinha, quero ver tudo...*" O cara se debruçava sobre ela, a arma apertada em seu peito, machucando-a. Ana estava aterrorizada, quase perdera o controle do carro e saíra da estradinha de terra, por sobre a grama, no local onde ele indicara, isolado e escondido.

"*Filho da puta...*"

"*Fica quieta, olha aqui...*" ela viu aquele volume repulsivo à sua frente. Ele a obrigou a abrir a boca e engoli-lo todo, brandindo negligentemente com a arma perigosa e engatilhada, apontada diretamente para seus olhos, enquanto a segurava pelos cabelos com força exagerada, sacudindo sua cabeça com violência para todos os lados. Os safanões dolorosos não lhe permitiam qualquer reação ou pensamento encadeado. Ela somente sentia a dor insuportável dos repuxões nos cabelos.

Ele fez o que quis com ela. Possuiu-a pela frente e

por trás, com violência, ameaçando-a com a arma. Ela nem sabia dizer onde nem como ele se satisfizera. Fora um desatino e, evidentemente, um horror, o que acontecera de pior em toda a sua vida. Ela permanecera travada, seca. Num determinado momento, sentiu-se como morta, quis morrer ali mesmo, houve um silêncio longo e então o rapaz, bem mais jovem do que ela, falara:

"*Sai do carro e vai caminhando sem olhar para trás, não pára, não olha, daqui a quinze minutos você pode voltar, não volta antes... sai, sai agora e caminha...*".

Ela estava semidesmaiada, mas saiu arrastando-se como zumbi, sem norte. Não andou muito tempo, deixou-se cair no chão, na areia granulada, na sombra de uma árvore e chorou, de olhos fechados, comprimida numa escuridão ensangüentada de luz, que criara para si naquele instante, olhos apertados, rosto contra a terra, fugindo do acontecido.

Depois de um tempo que parecera infinito, sabia lá Ana Helena quanto se passara, de olhos fechados, abismada e humilhada, ela se levantou, abriu os olhos devagar e mirou, aterrorizada por todos os medos, em todas as direções.

Viu o carro ao longe, bem mais distante do que lhe parecera possível e não viu mais ninguém, nenhuma movimentação ao redor. Nem sombra do vulto da camiseta de surfista, cor de laranja. Retornou com cautela, cambaleante, não tinha as chaves do carro e percebeu, com horror, que estava sem a calcinha.

"*Que filho da puta... desgraçado, sem pai nem mãe, corno, veado, desgraçado, filhoooo da puuuuuta...*", ela pensava e rosnava e gritava...

Ana Helena circundou o carro, examinando o seu interior, reconhecendo o terreno e o matagal nas imediações. Tudo estava calmo, um tempo paralisado em calor, sem tensões, apesar do seu medo, da sua raiva e de seu nervosismo. A chave ainda estava no contato, por sorte, e a sua calcinha, por azar, toda melada e úmida, abandonada sobre o banco traseiro.

"*Onde esse desgraçado tinha gozado...? Dentro dela ou na sua calcinha...? Filho da puta, desgraçado... vou te matar, seu desgraçado sem mãe... punheteiro, filho de padre.*"

Ela dirigiu de volta para a cidade, em alta velocidade, como se estivesse fugindo de seu próprio temor, da sua história futura, olhando com atenção, assustada, para ver se ainda descobria o vulto, a temida sombra alaranjada, na tarde que se fazia deslumbrante sem hiatos de nuvens no céu, aquela brisa revigorante a afagar os vestígios de seus sentimentos destroçados.

Foi direto para sua casa, o mais direto possível, passando pelo centro e fazendo os atalhos que conhecia, os olhos em tempestade no meio do dia renascentista. Ela jogara com ódio a calcinha ainda molhada pela janela do carro, na direção de uma lata de lixo cheia de entulho, na esquina da avenida central do balneário. Ninguém testemunhou o seu gesto de repulsa, nem ela se preocupou em ver se acertara o alvo, queria desfazer-se do objeto nojento.

Entrara em casa silenciosamente, descalça, correndo e refugiara-se, sem ruídos, no banheiro, onde se lavara freneticamente, esfregando-se toda enquanto chorava copiosamente. A água do chuveiro inundando-lhe o corpo fizera-lhe bem. O sabonete cheiroso quase a consolou com a sensação da limpeza e da renovação. Foi para seu quarto, trancou a porta, ligou o ar-condicionado, fechou as janelas, deitou-se despida, ainda molhada, e escondeu-se num sono sem sons e sem culpa.

"*Filhoooo da...*" ainda pensara enquanto adormecera como uma âncora de navio que se desprende em queda livre, em direção ao fundo da baía, protegida das intempéries.

Demorara-se para o jantar, ouvia de longe a família reunida à mesa, seu pai, sua mãe, quase todos os seus irmãos e a sua irmã bem mais novinha. Todos conversando alegremente, fazendo alguma bagunça, o rumor natural que conhecia tão bem. Chamavam por ela. Nunca conseguiria contar nada a eles, muito menos a seus pais.

Dirigiu-se, muda, autômato sem querer, ao encontro dos outros.

"*O que devo fazer, esquecer tudo, lavou, tá novo?*", pensava, inconformada.

"*Oi Ana, dormiu, hein? Boa noite, bom dia... Olha essas olheiras...*"

"*Olha, hoje tem o linguado com camarões grandes, que você tanto gosta... sua mãe só pensa em você, só faz essas coisas especiais quando você volta e vem passar essas tempo-*

radas por aqui..."

"É, mas todos comem também... venha sempre Ana, que assim todos passamos bem..."

"Ihhh, olha como está silenciosa, nem parece a Ana dos camarões gigantes, parece a bela adormecida mesmo, meio hipnotizada..."

Ana Helena comia automaticamente, em silêncio e sem vontade, fingindo interesse para não chamar demasiadamente a atenção de ninguém para um drama que nenhum deles podia sequer suspeitar, enquanto todos jantavam e brincavam uns com os outros.

De repente, um ruído na porta e o rapaz entrou com estardalhaço, fazendo ruídos arrastados. Ana viu, com o canto dos olhos, quando a mancha laranja do vulto passou rapidamente às suas costas e refugiou-se no banheiro, como ela fizera à tarde.

"Onde esse filho da puta se mete, nunca respeita ninguém, onde ele esconde aquela arma medonha...?" pensou Ana enquanto parava, definitivamente, de comer.

"...Estuprador desgraçado, covarde, não merece os pais que tem..." pensava com ódio, em silêncio profundo, quase gritando.

"Ehhh, chegou o surfista revoltado..."

"Vem comer, aproveita, hoje está demais, vem comer os camarões da Ana... esses tesouros maravilhosos que ela abandona..."

"Ninguém sabe por onde esse anda, só pensa naquela prancha... acho que passa o dia inteiro no mar..."

Ana Helena deixou passar um tempo, levantou-se da mesa e saiu silenciosamente, deslizando de volta para seu quarto. Parou em frente à porta cerrada do banheiro, escutou o barulho da água do chuveiro, chutou a porta com violência, enquanto pensava:

"Nojo... até quando mamãe vai agir assim...? Essa proteção, sempre, sempre..."

Na sala de jantar, em meio ao alarido familiar, aparentemente ninguém se importara com nada, nem com a saída de Ana Helena da mesa, nem com o estrondo do chute na porta. Do banheiro, não viera nenhum ruído humano, nenhuma resposta, fora o barulho da água caindo.

Ana refugiou-se no seu quarto, trancou cuidadosamente a porta com duas voltas da chave, ligou o ar condicionado, tirou a roupa e deitou-se, olhos abertos na escuridão. Naquela noite demorou a adormecer, talvez porque tivesse dormido excessivamente durante a tarde.

ANÔNIMO NOTURNO

As unhas rasparam a porta no meio da noite. Um som incomum, inesperado.

RRRRRRR. RRRrrrrrrrrrrrrr. RRRRRRRR.

Flávio Aurélio esperou, no escuro, no outro lado da porta, no interior do apartamento, para ver, ou melhor, para ouvir se a coisa se repetiria. Coisa de filme de suspense, por que não soaram a campainha? Bem, isso seria impossível, a campainha estava estragada mesmo ou nunca fora ligada naquele apartamento. Não existindo essa possibilidade, tinha que ser assim, com batidas convencionais na porta ou esse surpreendente e novo rascar de unhas, no meio da madrugada.

O cara, Flávio, no escuro absoluto, esperou em silêncio até que o som se repetisse.

RRRRRRRR. RRRrrrrrrrrrrrr. RRRRRRRRR.

Flávio girou a chave, na escuridão da noite e na loucura do seu espírito. O som das lingüetas metálicas ressoou com ecos nos corredores do edifício, às escuras na madrugada. O interruptor temporizado da iluminação de segurança do andar não tinha sido acionado.

Ele entreabriu a porta na escuridão, sem acender a lâmpada da sala. A silhueta, o calor do vulto, o perfume de bom gosto, sutil, mas suficientemente insinuante, passaram por ele, roçando-lhe de leve a tangência da pele, entrando e dominando o espaço da sala.

Flávio não tivera temor e sim uma excitação instantânea. Compreensível. O perfume da moça causara um efeito promissor e ele deixara-se levar. Conseguiu distinguir no escuro acomodado de cinzas e negros de veludo, o contorno definido do corpo da mulher, aspirou com prazer seu perfume, percebeu o seu hálito recendendo a hortelã. Tentou, mas não reconheceu no primeiro instante a figura da memória, a da moradora vizinha que vira várias vezes no imenso estacionamento do conjunto de prédios onde morava, manobrando o chamativo carro preto, com quem ele nunca tinha conversado ou trocado qualquer frase mais longa, além de uns miseráveis cumprimentos rápidos e formais. Não a conhecia nem sabia seu nome. Nunca viria a sabê-lo.

Ela nada falou. Não precisava, qual seria a justificativa para entrar assim, no meio da madrugada, no apartamento de um cara desconhecido, que vinha observando há algum tempo, nas entradas e saídas do estacionamento, algumas vezes subindo juntos no elevador, cumprimentos superficiais, olhares nem tanto? Ela sabia o nome dele, Flávio Aurélio, descobrira de algum jeito, com os porteiros, com a síndica, com algum outro vizinho, sabia alguma coisa dele, inclusive o que ele fazia. Mulheres são metódicas e costumam ir mais fundo nas suas investigações e, principalmente, nos alvos de sua curiosidade.

Ele a pegou com firmeza e beijou-a. Ela

correspondeu prontamente e Flávio começou imediatamente a tirar-lhe a roupa, surpreendendo-a pela rapidez desta iniciativa, enquanto abraçavam-se no centro da sala, beijando-se com os olhos fechados na escuridão, olhos que poderiam estar abertos, mas que nada veriam. Valiam-se naquele instante apenas da visão do tato, esparramando-se em queda lenta sobre o sofá e pelo chão, no tapete persa, de nós apertados.

Ele percebeu que ela bebera um tanto de algum álcool espirituoso, talvez um licor, pelo fundo de sua alma no momento do beijo, enquanto ele, por sua vez, estava completamente sóbrio. Essa seria uma característica comum a todos os encontros futuros, não muitos, jamais marcados previamente, mas de lembrança irremovível. Daí em frente, ele manteria uma garrafa de vinho tinto sempre ao alcance do braço, uma garrafa de uísque escondida e um champanhe prestes a mergulhar na geladeira. Ele não poderia saber nunca o momento em que ela arranharia a sua porta.

Na primeira vez, ela o arrancara do túmulo da sua cama, sonolento e quase morto, porém o levara na seqüência para aquela mesma cama, metamorfoseando-a em altar de celebração e palco de performances.

Esperaria muitas dezenas de noites em vão, em desapontado estado de alerta, nem sempre ela apareceria, mas quando acontecia, ele não tinha nada do que se queixar.

Flávio Aurélio considerava aquilo uma espécie de epifania.

Faziam amor como dois desvairados, condenados a buscar o limite possível do estertor, quase sempre até o desfalecimento, selvagens, seres abandonados em torrentes caudalosas de suores, seguidos da entrega à pequena morte, o estado de lassidão e languidez profunda pós-sexo, confirmada pela dificuldade máxima da execução dos movimentos menores e mais rudimentares, como se ambos tivessem sido abatidos conjuntamente por uma gigantesca onda gelada que os tivesse feito afundar verticalmente a uma profundidade tal que fossem mínimas as chances de voltar e respirar a tempo. Ou como se tivessem sido obrigados a uma interminável sessão de massagens orientais, com óleos inebriantes, jogando-os à anestesia profunda e definitiva, nesses seus encontros, noturnos e anônimos.

Quando retomavam a consciência, parecia-lhes simplesmente que ressuscitavam, como divindades menores e que já não se lembrariam mais de seus próprios passados, individuais e comuns. Aliás, isso era a verdade, ali não havia passado, tampouco haveria futuro. Nem os nomes existiam. Ela nunca o chamou pelo nome, em momento algum. Ele nem sabia o dela.

Não falavam de mais nada, de nenhuma outra história ou de seus afazeres, não conversavam sobre trabalhos pessoais, suas realizações individuais nem sobre as dificuldades existenciais de cada um, mesmo que para ambos essas realidades fossem mais do que evidentes, afinal estavam ali os dois, intensa e dolorosamente solitários, nem tão jovens quanto aparentavam ser, em suas humildes vaidades de cuidados muito simples.

Sustentavam-se no ar e no anonimato frágil das coisas do amor e do instinto.

Encontravam-se como se fosse a última vez, sorriam-se mutuamente, olhavam-se com curiosidade e até com uma certa cerimônia. Abraçavam-se e beijavam-se com volúpia crescente, e trepavam, com urgência e alguma coreografia. Havia espaço para a beleza nos gestos daqueles corpos entrelaçados, brilhantes dos suores e nos reflexos autorizados nas penumbras dos espelhos e nos vidros dos quadros, pelas paredes do quarto de Flávio.

Ele a chamava de a benfeitora e de deusa da floresta, um mote bem deslocado naquele encontro tão urbano, tão *rolling stone*, tão cosmopolita. Para ele, Flávio Aurélio, que tinha nome e até dois nomes, isso parecia bem coerente, essa história secreta de floresta, tudo fazia sentido com as chegadas gloriosas, naturais, intempestivas, imprevistas, acidentais, não fosse pela decisão pontual dela, de ir ou não ir quando bem entendesse, no meio da escuridão e do silêncio.

Presença intensa e ciclotímica, simbolizada pelo ruído dos arranhões na madeira da porta.

Ele jamais perguntou o seu o nome e o que ela fazia. Isso não significava desinteresse, ao contrário, o interesse era grande e tinha um foco, fazia amor com ela inventando jeitos, buscando ser o mais louco e radical possível, passava-lhe uma postura de fervor e devoção que ela reconhecia e apreciava. O mesmo ocorria com ela, que se entregava com coragem e paixão àquelas lubricidades. Ela nunca dissera seu nome a ele, nem o escreveria em nenhum papel.

Eles sabiam que aquela felicidade de tempo congelado, aquela harmonia em fermata, era intensa e seria fugaz. Um dia tudo se extinguiria por encanto, como a beleza que ainda mantinham com vitalidade e saúde, e que um dia, igualmente desandaria em escombros incontornáveis. Eles não se veriam nesses dias futuros, nada estava previsto nem tinham essa idéia ou desejo.

Vez ou outra ela deixava-lhe um presente. Esquecia uma pequena peça de roupa no meio dos lençóis, às vezes em cor negra, mínima, rajada como zebras, bordada, transparente, vermelha, branca com rendas. Usadas, perfumadas, manchadas. Flávio Aurélio as guardava numa velha caixa de papelão, dos correios. De vez em quando abria a caixa, espalhava as pecinhas sobre sua mesa de trabalho e observava, silencioso, o seu tesouro de fetiches.

Uma vez deu-lhe um presente, de aniversário. Ele descobrira a data porque ela lhe contara a novidade, de maneira descuidada. Ele saíra, procurara um pouco e encontrara o que queria, com facilidade. Era uma idéia vulgar, meio cafajeste mas, para ele, funcionaria. Um urso de pelúcia pequeno, marrom castanho, muito macio, com uma gravata borboleta de seda, amarela com bolinhas vermelhas. Espargiu sobre a gravata um pouco de seu perfume pessoal. Ele notou a comoção perturbada com que ela recebera o bizarro objeto de seu carinho. Ficara visivelmente emocionada, em suas carências mal resolvidas. Aquele golpe baixo a acertara em cheio.

Ele e ela imaginavam que aquilo tudo era bom, agradável e que não duraria para sempre. Ele esperava que ela viesse arranhar a sua porta, mas disso nunca tinha certeza, era cada vez mais raro acontecer.

RRRRRRR. RRRRrrrrrrrrrrrrrr. RRRRRRR.

O que Flávio Aurélio sabia era que não sabia o nome dela.

CAIXA PARA MORRER

Uma caixa para morrer não é um caixão de defunto. Neste caso, e os casos são sempre individuais, o fato já se deu, o infeliz ou a infeliz já ocupa quietamente a sua embalagem final e a questão já transitou em julgado. Só podemos lamentar o ocorrido, enquanto lutamos, um pouco assustados, para permanecer vivos. Por vezes, a ausência é resultado de um acidente fortuito, noutra é a brutalidade de uma violência por parte de bandidos, ali uma doença traiçoeira, enviada sabe-se lá por qual divindade adversária e lá se vai mais uma vida preciosa. Vidas produtivas são cortadas, vidas sábias que estão sendo bem desfrutadas e, de repente, a notícia que desconstrói todos os esforços acumulados, o impacto da falta. Sempre ocorre a falta e quase sempre acontece uma repercussão ampliada acerca dessa carência.

Assim vemos aquele caixão que embarca tristemente a pessoa amiga e nunca nos conformamos. O tempo passa e em alguns casos a aceitação torna-se impossível, quando se olha em volta e conclui-se pela companhia remanescente: no caráter e na qualidade humana dos que permaneceram e a dos novos, que estão chegando para ocupar os lugares que foram restando vagos no trem.

Uma caixa para morrer acontece antes do ato final. É uma preparação, uma arapuca, uma armadilha de caça, um cerco de traições, um círculo de giz.

Muitas vezes, o desamparo simples, desde que sistemático, é suficiente para formar as condições ideais requeridas por um desses aparelhos. Uma caixa de morrer é bastante ampla, ela pode ter a dimensão de uma cidade.

Certas cidades respondem ciosamente ao poder de seus donos perpétuos. Nem precisam ser estes os seus chefes políticos, que em boa parte do tempo ou dos casos, são apenas transitórios, a mando daqueles; o que vale para essas alianças tenazes não é a inserção no tempo real do universo ou o cosmopolitismo, isso é inútil e secundário frente ao que realmente importa, a manutenção de seu poder, a preservação de seu conforto, de sua fortuna e, especialmente, a paralisação do tempo em razão da costura de aço de seus interesses, independentemente do fragor do relógio da cultura no resto do mundo.

Para estas cidades, o provincianismo é uma escolha estratégica que não acontece por acaso, é uma eleição muito bem urdida, no início do jogo. O que faz com que os donos do cassino e das cartas permaneçam sempre os mesmos, os convidados escolhidos que entram sorridentes sob os holofotes nos salões de luxo igualmente sejam sempre os mesmos, enquanto todos os outros servirão apenas como anônimos escravos do tempo e da cidade, parcamente remunerados para que não saíam nunca de sua condição miserável e, principalmente, para não se atrevam a tentar alterar a seqüência planejada, sem saltos e em progressão muito lenta, como destino referencial para a cidade.

Está bem assim, deve-se conservar assim.

Essa é a regra de ouro. Uma caixa de ressonância para o poder e glória para uns poucos e uma caixa de morrer para todos os outros figurantes, esses sem vez e nenhuma importância.

Brasílio gastara sua juventude e o início de sua maturidade noutras cidades, muito maiores e mais dinâmicas, onde trabalhara muito, cultivara amizades, fizera alianças, construíra família. Tivera sua história e conquistara uma mínima notoriedade.

Depois mudara-se, esperançoso e ainda sem cabelos brancos, para a cidade média, grande metrópole física, mas, curiosamente, com mal disfarçadas aspirações de província no comportamento coletivo, visíveis no espelho dos arroubos de grandeza desajeitados, fora de propósito, nas ênfases ridículas das ocasiões determinadas. Típico, mas Brasílio aprendera a ser tolerante e não se importava, queria apenas fazer o seu trabalho e realizar suas idéias.

Cidades provincianas cobram judiciosamente a história de alguém na sua cidade: as alianças do passado e os seus compromissos para o futuro. Vale o sobrenome, de onde se veio, o colégio onde estudou, quem conheceu a sua família... isso importa mais do que uma grande capacidade de realização, por exemplo. Vale também o que fará, como e quanto investirá, como poderá contribuir para que tudo se conserve exatamente como está.

Brasílio sabia um pouco sobre isso quando chegou por ali. Tentou integrar-se e aprender mais. Procurou ajudar a muitos, gerou fatos que considerou positivos, valorizou fortunas, apoiou muita gente, mas havia um problema: ele tinha idéias próprias e era avesso ao provincianismo, suas experiências anteriores apontavam-lhe um outro caminho.

A principal virtude daquela cidade, no entanto, era o seu provincianismo férreo, enraizado, assumido, dali provinha a sua força inexpugnável.

Azeite de oliva virgem sobre água mineral.

Um dia ele percebeu, com clareza.

Brasílio era ingênuo e idealista, mas não era tolo. Percebeu que a arapuca fora armada exatamente por aqueles a quem devotara lealdade, revelara idéias e projetos e considerara durante um certo tempo seus novos amigos. Aqueles que ajudara, fizera ganhar algum dinheiro e, curiosamente, de quem nunca recebera nenhum apoio a qualquer tempo. Pensara que seria assim por um período, que era tudo uma questão de confiança, havia que inicialmente estabelecer vínculos e comprovar competência, eficácia, profissionalismo e amizade. Tudo infrutífero, idéias desperdiçadas, esforços e trabalho disciplinado, perdidos.

Brasílio conseguiu ver a tempo que a caixa para morrer estava sendo armada. Viu que seus judas eram seus recentes companheiros e que tudo se inviabilizava automaticamente, esforços eram sempre vãos, porque suas idéias eram deixadas à deriva, às intempéries do descaso e da omissão, era o que bastava para nada acontecer, um sistema autoparalisante, pneumático.

    Certo dia, consciente que os limites da caixa para morrer confundiam-se com os limites físicos da própria cidade (uma das características da cidade provinciana é que só ela importa a si mesma e isso a torna o centro e a fronteira de seu pequeno universo), Brasílio colocou no seu carro, já abalado pelo uso, a gasolina necessária, uns tantos livros, uns poucos quadros, uns objetos de valor que possuía, a pequena mala de roupas, o seu computador, e partiu para reconquistar o direito à vida, para buscar ainda, quem sabe, um momento fugaz de felicidade, rever seus amigos, antigos, de uma outra cidade maior e reencontrar sua filha.

OS DOIS

Não havia espelho. Os dois estavam parecidos e tinham o mesmo nome. Cláudio. Um era 25 anos mais velho que o outro, um pai e um filho. Um Cláudio e outro Cláudio. Eram pessoas simples e indiscutivelmente anônimas. Jamais tiveram seus nomes publicados em jornais ou citados na TV. Amigos sempre foram e já não eram jovens. Estavam solitários e isso doía, pois tinham sido, ao longo de cada uma de suas vidas, sociáveis, expansivos, generosos além do que o bom senso lhes recomendara, e souberam assim agregar vários grupos, em diferentes momentos e locais.

O tempo, no entanto, passara para os dois, com velocidade. Hoje, ninguém mais os procurava, pessoalmente ou por telefone. De internet, eram analfabetos.

Dos numerosos antigos amigos do mais velho, a maioria capitulara e já estava enterrada ou pragmaticamente incinerada na fornalha, novidade cosmopolita reinventada para livrar os parentes, instantaneamente, da inconveniência de corpos imobilizados; cotidianamente ele constatara isso, silenciosamente alarmado, no necrológio dos periódicos. Para o menos velho as razões tinham sido outras, mudanças de cidades e de empregos, mas a solidão resultara a mesma.

O tempo passara para ambos com seus reflexos especulares. Cada um perdera um pouco da respectiva saúde e a maior parte dos cabelos. O mais velho cuidava-se muito ainda, com uma quantidade considerável de remédios, enquanto o mais jovem negligenciava metodicamente os cuidados mais elementares, evitando remédios e médicos, como fizera sempre. Essa era uma diferença nas atitudes. Tornavam-se idosos a cada minuto que passava e, talvez em razão disso, assemelhavam-se pouco a pouco na aparência, uma vez que os velhos, à maneira dos peixes, tendem a ficar mais parecidos com o passar do tempo.

Os humores eram um tanto diversos, um permanecia sorridente, ainda bem humorado, sem recorrer à armadilha da ironia, que abandonara a bom tempo, no distanciado período da juventude por ter constatado o efeito sulfúrico de seu veneno sobre as afeições duradouras, e especialmente para as então recentes relações, ainda superficiais e frágeis. O outro, cada vez mais silencioso, concentrado e sério como sempre fora, tornara-se aos poucos mais exigente, fazendo-se algo intolerante e um pouco ranzinza.

Ambos tinham-se fechado para o mundo que os agredira e conservavam secretamente em algum ponto misterioso de seus cérebros ou de suas costelas as justificativas consideradas convincentes para suas condutas.

O mais velho desejava, sem segredos, viver o mais longo período de tempo possível, apreciaria tornar-se centenário e ultrapassar o recorde. O outro tinha inúmeras dúvidas sobre um desejo (ou um ardil) desses, pois testemunhara na velhice estendida uma fórmula incorrigível de colecionar ausências: todo tipo de carências, de desafeições, de abandonos, de tristezas e desconfortos. Dessa maneira tinha refletido profundamente sobre a condição destinada ao seu papel no decorrer dessa história, na contribuição que deixara para si, para os outros, para os dois, talvez, e no seu não revelado desejo de sair logo da cena, enquanto ainda estava bem de saúde e não se tinha encanecido demasiadamente.

Considerava que perdera o fio da vida com sentido, num impreciso instante e que dali mergulhara vertiginosamente rumo ao inferno.

Alguém o acusara certa feita, com crueza, de sentir-se vitimado pela vida. Ora, a vida não vitima ninguém, ela produz intensidades e resulta até na felicidade, num caso extremado de sintonia, de um amor correspondido. O que vitima alguém são os outros, são as doenças, são os acidentes, são as crueldades planejadas e realizadas, são as malícias, são os sistemas, são as falhas inevitáveis dos sistemas e a falta de dinheiro.

Não havia espelho. Eles não se compreendiam. Os dois seguiam agora os caminhos e os relógios ritmados de suas pequenas vidas, cada um esperando pelo desfecho imaginado de seus próprios destinos.

Alfredo Aquino *é artista plástico. Dedica-se profissionalmente ao desenho desde o início dos anos 70 e à pintura a partir de 1978. Realizou várias mostras individuais, a maior parte delas em museus e centros culturais no Brasil e no Exterior. Possui obras em acervos como o MASP (Museu de Arte de São Paulo) e o MARGS (Museu de Arte do Rio Grande do Sul), além de coleções particulares no Brasil e na França. Publicou o livro* Cartas, *com seus desenhos e contos de Ignácio de Loyola Brandão, pela editora Iluminuras, em 2004. Edita livros de arte de outros artistas contemporâneos e exerce atividades como curador de mostras de arte contemporânea, escrevendo regularmente sobre as questões vinculadas à sua área de criação e pensamento. O livro de contos* A fenda *é sua primeira incursão em ficção literária.*

animaemk@uol.com.br

*Este livro foi impresso em junho de 2007,
em A Garamond Corpo 11,6 Normal e Itálico,
em papel Pólen 90g para miolo e cartão Duo Design 300 g
em sua capa, com laminação matte de proteção,
para a Editora Iluminuras, São Paulo
nas oficinas da Trindade Indústria Gráfica,
em Porto Alegre, Brasil.*